素心诗月

子嫣／著

XZCB 西藏人民出版社

图书在版编目(CIP)数据

素心待月 / 子嫣著.-- 拉萨：西藏人民出版社，2020.12

ISBN 978-7-223-06731-7

Ⅰ. ①素… Ⅱ. ①子… Ⅲ. ①诗集－中国－当代 Ⅳ. ①I227

中国版本图书馆 CIP 数据核字(2020)第 226048 号

素心待月

作　　者	子嫣
责任编辑	计美旺扎　吉普·次旦央宗
封面设计	格次
出版发行	西藏人民出版社(拉萨市林廓北路 20 号)
印　　刷	拉萨市明鑫印刷有限公司
开　　本	889 × 1194　1/32
印　　张	9.25
字　　数	118 千
版　　次	2020 年 12 月第 1 版
印　　次	2020 年 12 月第 1 次印刷
印　　数	01–1,000
书　　号	ISBN 978-7-223-06731-7
定　　价	32.00 元

序：人性神性诗性的深情吟哦

李一鸣

收到子嫣的诗集《素心待月》，细细读来，心生欢喜。这部诗集分为五辑，依次是“遇见本心”“遇见爱情”“遇见自然”“遇见生命”“遇见亲情”。仅从标题，就看出这部诗集的情感取向。涵泳其中，透彻彻是素净心灵的敞开，明净净是人性神性诗性的独白。

子嫣的诗歌是贴近心灵的写作。对于她所感知的世间万物，她没有停留在对事物的细致临摹上，而是以生命体验世界，以细微的诗心寻找凝造于事物的生命质素，强化主观情绪，凸显心灵感受，逼近生命之实，切近灵魂之真。她的心是如此谦卑，对世界充满着感恩，也表达着明澈的心声：

清简的心只想要一树青果
岁月却赐予我丰盛
浓情五谷，裹挟馥郁的草药
汹汹涌来。我唯有穷尽
一生的热情和虔诚
将这恩宠酿成老酒

把色彩献给天空
把物质还给大地
香醇的味道奉给有情众生
惟留下如水的清亮 给自己
映见颠倒梦想 五味红尘

——《酿酒》

冰心说,“能表现自己的文学,是创造的,个性的,自然的,是未经人道的,是充满了特别的感情和趣味的,是心灵里的笑语和泪珠。”优秀的诗歌,凡一字一词一句之微,无不包蕴着诗人全部的性格和心地,蕴藏着诗人与众不同的世界观和人生观。这大抵来自诗人的遗传禀赋和成长环境,来自作者独特的地位和人生经验,来自她长期形成的对于存在的感情和态度。子嫣是一个有着纯净心灵的诗人,天性真诚善良,正是有着这样的慧根,她才在2002年春天到西藏旅游时,刹那间被藏民的淳朴纯净笑容打动,为西藏高原独特的人文风情和瑰丽的文化吸引,这场遇见,成就了仅在一年后即从陕西进藏工作。她以虔诚的心面对自然、面对社会、面对他人、面对自己。她所求者何其简朴,“只想要一树青果”,却没想到岁月却赐予她丰盛,这丰盛并不是多高的地位,多富有的生活,而是心爱的人、可爱的友、喜爱的工作。为此,她要以穷尽一生的热情和虔诚,去奉献给有情的人生。

她这样描绘自己:

现实中渺小如尘埃的我
愚笨着 真诚着 踽踽独行着

面对所处的世界,她为失道者焦虑痛心,为疾病者无为担忧,对贫困者赠以角币,对所有孩子投以鼓励的微笑,对孤寡老人给予亲切的问候。大地震中，看着同胞们遭遇自然灾害、山摇地动，她“悲恸着焦灼着，任由泪水浸泡心田”，而“在看见彩虹时”，会“欣喜着嚷嚷，想让所有人看到美丽、唤醒希望”。

在交通拥挤处 我尽可能缩小自己
除了这些 我还能做什么呢
天地间渺小如尘埃的我 还在祈祷
希冀 那个天大的梦想会变成现实

——《梦想》

“渺小如尘埃”，这是诗人给自己的形象诠释。在我们的生活中，多少人唯恐自己不够高大伟岸，故而穷尽人间的佳词丽句，塑造自我，装点形象；多少人以上者、师者、裁判者定位自己，对他人施以检点、指点和查点，似乎只有这样，才能体现自己的威仪，获得追随者仰慕、依附者仰视、诠释者仰承；还有的总以救世主的角色，垂怜万物，以求庸颂，或以哲学家的口吻高谈阔论，冷静分析现实，求得追捧。极少有人这样绘写自己：愚笨，真诚，踽踽独行；极少有人这样的内敛和谦卑、善良和赤诚：“在交通拥挤处，我尽可能缩小自己”。诗人以真诚的态度与自己的心灵对话，与大千世界对话，其要的不在于宣示“道”“理”“规”等外在的东西，而在于对自我内心的审视，对人间的关爱。心底有关怀，笔下流深情。她的诗是开在心灵上的花，是天真的笑、真切的愿、纯净的泪。李欧梵在《中国现代文学与现代性十讲》中对徐志摩评价道：“他成功地使个人的人格，特别是情感的显示，成为他个人生活及创作的惟一主题。”子嫣始终秉持“诗歌是情感和思想的高地，其核心要素是真和纯——情感的真切、真诚，思想的纯正、纯粹。”她的创作理念与诗歌形象，与她的人格品性完美契合，李欧梵先生的论说在这里获得贴切的印证。

子嫣的诗歌闪耀着神性的光辉。在她的诗歌中不乏“神”的意象：

试着把属于神的光芒
还给神，而把自由还给你
任你随性而为，随心而事
记忆已将自己交给冬天的风

每个人都要回到自己
众神终将照亮
自心圆满。我就是自己的神
——《你是自己的神》

我的神，请破斥我的愚钝吧
请示我方向
我将独自走过当下，义无反顾
直到抵达你
——如你
——《路径》

但在我看来，子嫣是把自己的人生和诗歌创作当成了一次修行，神在她的心中，故而她的诗才充满神性的慈悲、怜悯和包容。

人，本然是物质的存在，但人之所以能够超越其他生物，根本在于人是精神的存在。康德认为，人既属于现象界，具有感性，受制于自然法则，又属于本体界，具有理性，能够为自己建立道德法则。人是目的，永远不可把人用作手段。一个人如果只是为物质而生活，那么他就把自己矮化为只是谋取物质利益的手段；如果只是为自己而存在，人生就成为一味满足个人生存需要的动物的过程。作为精神性存在，人的神性体现为人文精神的获得和拥有。何为人文精神？概而言之，就是一切以人为中心的普遍的人类关怀，在万物里人是最核心的，在万事里人的事是最重要的，在文学创作中就表现为对人的尊严、价值、命运的维护和关心。诗人的目光聚焦于人，以笔高扬人性尊严，启迪人的思想，明亮人的心灵，滋养人的心灵，促进人的发展，让精神充满力量，让文学回归人学。

子嫣的诗歌又是诗性饱满的吟唱。诗性，最初来自意大利哲学家维柯对原始人思维活动的评价，他认为："这些原始人没有推理的能力，却浑身是强烈的感觉力和广阔的想象力"。事实上，诗性是人类心灵和精气结合的产物，是通过想象来创造或构建的智慧，是人类认识世界、掌握世界的一种能力，也是人类观照世界的一种创造性审美思维形式。子嫣诗歌的感觉敏锐，想象奇特，创造力喷发，尤为突出的是情感力的饱满丰盈，呈现的是内在于生命的能动性和丰富性，蕴涵着诗人对于自然界、社会人生和人类文化的自由、本真、审美的体验和垂询。我国古代文论家刘勰有论，"五情发而为辞章""情者文之经"，德国著名诗人诺瓦里斯宣称，"万事归结为诗，世界归结为情"。现代新诗巨擘郭沫若认定，"文学的本质是有节奏的情绪的世界""艺术家的目的只在乎如何能真挚地表现出自己的情感"。事实上，我国自古而来的文学本具有两个传统，一是史传传统，二是抒情传统。抒发情感，是诗歌的本分和尊严。子嫣的诗歌常常字字连心、行行深情，感情就是她的诗歌的呼吸。

像爱父母和孩子一样爱自己

像爱要好的闺密姐妹一样
像爱醉人的爱一样
像爱高高在上的神一样
像爱眼目所悦意的荷 竹 树木
甚至像爱普通花草一样
爱自己，把心灵养成发光体

——《功课》

在这首诗中，诗人似乎一直在表达如何爱自己，但其真正的落点是爱父母孩子等亲人，爱闺蜜姐妹等他人，爱荷、竹、树木、花草等自然，爱“神”这一人间的法则。“把心灵养成发光体”，做一个心中有光的人，以心灯为别人照亮前行的路。难以设想，没有纯美人性的人，没有圣洁神性佛性的人，没有思维诗性的人，能够发出这样的光华。

请原谅，我用一双泪眼送你
除了满腔雅鲁藏布江水的清澈
我拿不出更纯净真诚的礼物

——《送别》

子嫣，你的满含热泪的诗歌，就如清澈的雅鲁藏布江，流淌在我们血液里，她必将纯净我们的心灵，我们的生命。

（李一鸣，文学博士、教授，现任中国作家协会办公厅主任。为中国作家协会会员，中国传记文学学会副会长，曾任中国作家协会鲁迅文学院副院长、常务副院长。）

目 录

第二辑 遇见生命

第三辑 遇见爱情

第四辑　遇见亲情

第五辑　遇见本心

第一辑 遇见自然

从一朵花里看见整个春天

世界的清亮——你的心相，我的镜像

遇见，再遇见

1

红尘中最美的缘，是和一颗心
一再遇见，而又从未分离

2

遇见，再遇见，和你
在布达拉宫上的白云里
大昭寺的酥油灯光里
秦岭巅一滴雨水中
午夜的清晰梦境里
古刹门前一丛青竹旁
桑烟袅袅的梵呗妙音里

终南山下那顶茅蓬
意蕴缥缈的一个诗句里
静坐时的刹那神游中
雨窗下的一杯茶韵里
禅师手拈的一枝花间
佛前的一炷香里
荷叶上一颗露珠里
桃花源的初绽放里
偶尔翻开的一页书里
还有，一滴眼泪的清寂里
和你遇见，再遇见，在一个
又一个意想不到的奇妙时空里

3

所有的遇见，都是前世的伏藏
是故友重逢，又若喜迎新生
每一次遇见都唤醒一种感觉
发现一个新的你，照见一个新的我
世界的清亮——你的心相，我的镜像
从一朵花里看见整个春天

从彼此心里尽读红尘宝藏
是雨露，阳光，四月的斑斓
是爱，是痛，是慈悲的光
遇见，再遇见，和你

4

是一滴水珠的完美
随时相融，又各自完好
是同一个你，是同一个我
从未分离，却一再遇见
遇见，再遇见，和你

与一颗心一再遇见
是红尘中最美的缘
遇见，再遇见
和你。——也和自己

九月初五的月儿

五天，你刚好长成
一弯金钩，源承远古的仪态
和上个月初五一样美

那晚，你住在布达拉宫头顶
被千万双眼睛仰望，为比邻
闪烁着的七彩霓虹烘托
仿若一只驶向梦海的金色小船
朦胧了夜的色，妩媚了心的情

今夜，你高悬于古老淳朴的
旷野山村上。世界的声音
人类的心思，悉皆沉入梦乡
只有硕大清冷的星星陪伴你

你聚全部光华，化成那双
最晶亮的眼睛，和我亲切
对望，凝着亘古的深情
时空融化，故我今我重叠
与一个个你，一次又一次
相逢，印契，直至圆满

雪没有落在我身上

世界说她需要一场雪
抚平岁末千疮百孔的幻灭
一个白天和一个黑夜
柏树的绿枝丫上就开满了白花

白雪悄悄，用细若粉尘的耐心
稳稳地覆盖天空之下大地之上
所有的凹凸，色彩，动和静
单单避开我的头顶。雪花说
世界更需要她来修复狰狞的疤痕

夜的红绿灯下，雪花织就细密帘幕
中学生的校服和单车步履坚定
送外卖男子的电摩小心择路

棉服棉靴的粉红女孩儿牵妈妈的手
背影写着欢欣,行走着家的召唤
26路车塞满热腾腾的笑脸开过三趟

不欲往东,也没走向南,我和影子
在十字路口逡巡了一个多小时
没有看见世界的创伤。低头惊见
黑色雪袍上承接了一层洁白雪花
透着形迹可疑的,欲说还休

这灿烂的漫天裂帛

大地还没有淬炼成纯粹
冬天雪藏的疤痕来不及消融
腐朽的气息尚未完全消散
丁香仍沉浸在祭奠的疼痛里
左眼流淌经年冰寒之河，右眼
为暗涌的炽热岩浆日夜灼烧
你匆匆而来，势不可挡，带着
闪电的犀利和雷鸣般的决断
刹那间，将昨日一笔封杀

众花儿红了，嫩芽儿长成了苍绿
城池已花事荼靡。城东绽放白玉兰
城西盛开紫玉兰，朵朵端庄向上
半生眼泪和荆棘，累世积攒的热爱

和以春雨和烈火，酵酿成甘醇琼浆

馨香漫溢，灌注满千万玉杯盏

你从九天来，你自深海回

轻装。薄履。空行囊。

畅怀豪饮，半杯，即醉了一生

秋叶

秦岭秋叶,以循序渐进的从容
赋予时间鲜明的色彩
予存在以庄严的层次感
给死亡以绚烂的悲壮
对每一场秋风,每一滴秋雨
皆回报以清晰的回响
不似你给的爱情
由生
到灭
都是悄无声息的
纯粹

听花开的声音

二十多天了，那朵马蹄莲
还开着，阴雨艳阳，月明或暗
始终张扬着一派蓬勃的欢喜
明净纯粹，似一张没心没肺的笑脸

花茎从根部发力，竭尽全力向上
挺拔，耗尽了一颗种子
传承自洪荒的全部精气神
那不要命似的热烈，让人心悸而疼

花朵敞开赤子般的坦诚和热忱
一天又一天，不舍昼夜
分明一副向死的决绝，和潇洒
看着，心里的疼，蓦地转成了惭愧

花开是残忍的

这朵花儿还未老，从根部
又拱出一个白胖的花苞
膨胀，破壁，一时刹那绽放
高擎洁白的花朵，向天摇曳
明净的笑脸上看不到疼痛
破土时的果决和残忍被雪藏

一朵花开两三周，几经生死轮转
三株马蹄莲从立春鲜亮到了盛夏
以撕裂和破坏为先决条件
凋敝呻吟着，新生顾自萌发
无数形态和意念的幻灭
化作养料，孕育新一轮诞生

不残忍不足以完成死亡

不残忍，不足以促成生发

瞧，这漫天裂帛的惊艳

听，那新鲜的泪流惊心……

转换

山林间徜徉，听风，观草木
静坐茅棚下，看一双仙手
柔和灵巧地烹煮茶水
沐浴那目光
——暖暖的会心和解意

默念小小的清清净净的愿
色空留白处，总看见
虚虚实实的你

低首凝眸时，缠绵着
关于你的美好怀想

追忆有你的一个个

瞬间，企望永恒

奢侈地希冀，于受想行识中
实现空和有的转换
将刹那实相化成空的永恒
从此不增不减，直到彼岸

春汛

天光明媚，地气渐趋和暖
忙碌的风儿轻盈了脚步
鸟儿也清脆了歌声
腊梅舞动盛极的颜告别
草木更新，阡陌日益清明
百花含苞着攒给春天的芬芳
我可否敞开心扉，对你
说出春风和花儿的秘语

人间迎来了好时节
南山剥去了灰色冬装
河水换上了活泛的绿衣
柳芽儿长出了新鲜的希望
春的光艳入室舞蹈

雨的柔丝呢喃敲窗

万物用复苏相互唤醒

枝枝桠桠倾诉着对春的思念

你可愿意开启尘封的唇

回报我一声,春天的讯息

玉兰花儿开了

一树高高的玉兰花儿开了
树下的人抬头仰望、仰望
红男绿女,老人孩童
一个个头颈已经低得太久
透过高高的玉兰花儿
人们有了新的发现,美丽的
花朵上面,是一片更美妙的星空

一树香香的玉兰花儿开了
远处的人举目眺望、眺望
眯着眼的戴眼镜的,清亮或浑浊
一双双眼睛已经近视太久
穿过远远的玉兰花儿
人们看到,馥郁芬芳的
花朵后面,有个更美好的世界

魅惑之香

奇香浓郁的香椿芽
柴草一般干涩坚韧的茵陈
原本不在胃肠记忆里
而今我着了魔般日日惦记
煮在水里，拌在面里
尽了全力咀嚼、吞咽
总也消化不完那缠绵的幽香
药草，这天生的异香
香味之外的奇异与魅惑
食谱之外的食品
生命之外的礼物
这——爱的附属品

泉城的蔷薇开了

时间的手分秒必争
胁迫着相遇渐行渐远
一个季节的春雨
酝酿着迎接这场盛事
隐秘了千年的等待,一眼
就暧昧了鸟儿的空气
阿哥的柔,卷起
一场狂野的风
语言是天外来客,孤岛
被旋成一棵鲜活大树
凌晨四点,喜鹊在枝头写诗
黄昏时分,蛙鸣在垂柳下唱和
火红的夕阳点着了篝火
万亩槐香整装待发
试图催生一场陌生的爱情

仙人沟里淌着河流
谁，将从这里归向大海

一夜之间，千缸酒酿成熟
金银木散发幽香，蜜蜂认出
分明已不是昨天那棵
黄河滩上的芦苇有点咸
千里木栈道微醺
和文学对望了一眼
渤海的风绯红了脸颊
一对丹顶鹤齐齐地向天长唳
一双黑天鹅静静地相伴而眠
马兰花睁开了紫色的眼睛
打破了虚假的羞涩，将军
得到了它应有的勋章
艺术家们趁机和诗神对话
悦湖书院里花香肆意
天地不语，任一切自然生发

泉城的蔷薇花沿街绽放
宁静，而热烈

想念一片麦田

想念一片麦田。想念
田垅间温软的土路
萦绕在树梢上的鸟语
氤氲在目光里的炊烟
生命似河水,分分
秒秒都在流逝
脚下的日子却粘稠滞重
仿佛总也到不了明天
时间总是不够用,总有
负债,牵绊着前行的脚步
怀揣彻底回归的梦想出发
走着走着就忘了初衷
记忆深处的原乡,渐行渐远
麦田尽头的家,终究只能怀念

七月的仓皇与圆满(组诗7首)

1. 七月情结

贪恋七月的天空,不怨
你的冷雨的剑的痛楚
也不怨这三伏天的热
和你曾经的炽
那感应炽的心,蛊惑心的情
还有,执着于心的我
也都不怨吧,连同这流火的七月

七月的火热,催得开
清凉的莲,暖不化心头寒雪
四季的冷热有常,有情的善变无情
谁识得了,谁又勘不破

不怨吧，不怨，什么都不怨
就让那善感的心，痛着
自造的痛，在七月的天空下

2. 暑热

高温四十度，三伏天的威慑
世界成了昼夜恒温的蒸笼
大地上布满蔫蔫的晒斑
太阳仍在不遗余力地炙烤
不顾忌河流干渴的呻吟
不体恤鸟儿焦灼的嗓音
街道上行走的人，蒸汽升腾
而城市在努力挣扎着清醒
庄稼也没有停止生长
人们仍须正常工作，顾不上想
太阳的执着热情，究竟从哪里来

炽热天空下我被寒冷冰封
躺在热的床上，反开空调
调动所有热量，试图烤化那寒

那寒是有伤疤的吧 我看不见
它就用殷红的血液刺激我
用层叠的疼痛，一再提醒存在
我找不到为它买单的人
只有和它在一起
静观其形状，体会其力量
回过头来，努力原谅自己
感慨，人的忍耐力究竟有多大

3. 大暑

大地名正言顺地炽热
万物各行其道，一切
安静祥和，大暑来了
如厚重壳子罩下
我中了魔咒，不能动弹

鸟鸣蝉唱，潮涌的热浪中
混杂着一万种声音
汇集成巨大暧昧
裹挟我的身，湮没神思

我和热的空气
一样黏稠，一样滞重

多想像幼儿一样
无所顾忌地哭一场，用眼泪
冲刷掉这缠缚的衣，不论
是岁月馈赠，还是自造
从此，无碍冬雪暑热
远离颠倒梦想，究竟清凉

4. 暑寒

比我晚两天，你赶上
大暑节气降世
天意赋予你霸气和魅惑
我傻傻地笑着
忘了暑热可能似虎
多年后的又一个大暑日
突然雷鸣虎啸
冰寒的剑刺中了大寒的穴
从此，伏天成了我的紧箍咒

大暑日是难解的咒语
彻骨的寒气，粘浊的热浪
我在夹缝中喘息着，逃离
给胃喂下许多蛋白质和蜜糖
试图融解冰寒，化开那顽石
遥远时空外，不再被大暑大寒绑架

5. 七月的仓皇

雨水被地面蒸得滚烫
仿若七月的眼泪
浸着茉莉花的清香
那洁白的芬芳
诱得眼眸放光
实用的笔记本倒成了附属
南山下那片荷塘
正秘密言说着夏的花语
饰有彩金的芙蓉石
代一朵莲靠近心房。笑容
却遗失在七月的仓皇里
那株偶遇的茉莉是唯一见证

“我总在七月突然回到荒凉”
海子如是说。我比诗人幸运
七月的凋零和颓废
有昨夜那场及时雨抚慰
借久远的普世温情来救赎
穿行过人间繁盛的花园
我把夏天的纯粹留给夏天
把七月的仓皇还给七月
亦不再与赤诚和热烈纠缠
穿越生的葳蕤和死的萧瑟
我在我的生月里疯长
赶秋天到来前，一遍遍重生

6. 一滴眼泪的清凉

超过十天了，太阳依旧
炙烤大地，炽热不减
到处都是火辣辣的烫
人们正在失去耐心
空气中充斥着嘈杂

和一触即燃的暴躁
万物焦渴而萎靡
天空坚定地不降一滴雨
一只鸟儿悲悯地看着
花草和高空作业者
一会儿停止歌唱,飞离
大树的庇护,扇动翅膀
想为高温炙烤下的人们
带去哪怕一掌的遮阴
或者,洒下一滴眼泪的清凉

7. 满月

窗外分明一张圆满的笑脸
我看她时,她也正看向我
仲臂之遥的高楼上
一窗窗暖光眨着眼睛
似明月分派给人间的星斗
蛐蛐儿大军认真演奏小夜曲
忘记了白天经受的
燥热和伤痛

仓皇七月的最后一天

月亮恰行到了十六的圆

穿越残缺的窘迫

万物当下圆满

霜降

你是秋的最后一个使者
御风而来，踏着时令的节拍
表情清冽。你的使命
是将色彩推向极致

多日摇摆不定的绿树黄叶
不能再随风倒向
挣扎着缠绵缱绻的红粉绛紫
亦须收起娇弱无主的媚态
赖在时间缝隙里
不想长大的谷子或稗草
你来催熟，用收割对治拖延懒散

金黄的富贵，火红的暖

那是秋天心底里最浪漫的真情
须借你的手均匀广布
高矮强弱，绿肥红瘦，一律得度

诗天空诗意鹊起
掺杂着恐慌和无奈的叹息
文人们总是伤秋悲春
多情男女更易感萧萧瑟瑟
我却欢喜你的到来
你纯粹、坚定、公正无私
大地在你的麾下，终究统一了颜色

霜降高原

这一眼回眸，是极致的深情
似灯火阑珊处的遇见
姹紫嫣红顿时有了归处

冬默默无言的酝酿
春破土而生的痛与乐
夏忙碌的喧嚣张扬
长成秋累累如珠的收获
以及白玛草的绛红，荻花的雪白
万物盛极，金色高原凌然傲霜

你来，挥动肃杀之剑
为决绝写上最后一笔
大地如释重负

河流送走落英的娇嫩柔情，转身
草木又撒下金色的悲壮
一路上，背叛与合作交替
爱恋和怨恼相携
红橙黄绿紫，纠缠得不可开交
绚烂斑驳，拥挤着寻找出口

你携了清冷，再加一把火
将一切推向荼蘼
为色彩，指明了重生之路

预谋

拣拾一片彩色的秋为经
以岁月的音声作纬
织就一枚暖融融的茧
与天地一道
预谋一场冬眠
茧里面，只装入灵魂和文字
更大的空间留给爱
在深且长的严寒中
自内而外熏蒸，酵酿
悲伤和创痛，幽怨和沧桑
连同过于浓郁的馨香
待到春暖花开时
破茧重生，再无苦痛
文字是爱，灵魂是爱
醇厚而纯粹

冬天是紫色的

——观晏子油画《四季》

春是活泼，是盈盈的绿
负责唤醒万物，生发希望

夏是热烈，是绚目的红
激情燃烧的生命的光焰

秋是丰盛，是富丽的黄
大地孕育成熟的华美果实

冬呢，是打扫天地的清洁工
混在希望中滋生的病毒
燃烧碰撞时产生的灰烬
与果实一起成熟的阴影

所有糟粕通通收纳打包
用雪的纯白冰霜的清冽，窖藏

酷冷暗夜，凛冽寒风
一次次挣扎、砥砺、发酵
一重重降解、裂变、转化
直到世界恢复干净和宁静
朽物焕发出浪漫唯美的光色
冬天选它作衣装——淡紫

汉城湖的雪

必得及时去会这场雪
趁她未被尘世染污
趁世界被她装扮得唯美
哪怕病毒肆虐咳着灼烧的痛
寂静清澈的湖水中
千军万马的喧嚣，蠢蠢欲动

汉城遗迹以雪为幕，大风阁
披着白纱的柔。汉高祖霸气
指点雪花儿均衡江山
向天高擎的祈雨钵收获了白
翠竹坚定，幸福在洁白中
历史穿越雪，雪清晰在河

南山下的残荷投来张望的眼
汉城湖畔良人呼之欲出
昨日暖语，犹有余温曼舞清新
轻盈雪被下，足印高蹈着喜悦
殷切期待这一场雪中会
万物无声，一切皆有痕迹

雪霰

天终于兜不住了
不是雨的季节，也还
来不及柔美成雪花
重云太过沉重，姑且
以不透明的颗粒
匆匆播撒。仿佛不小心
泄露了一些天的机密
又赶紧收紧豁口

云携着心事转移阵地
择子夜悄然入梦，梦里
借友人的口，“悲”打前站
“愤”带着书名号出现
它们也惧怕文字的眼

大悲非心，大象无形

愤怒出诗人，也生禅心

众人期盼一场真正的雪

想象它能化解一切

顺便还清，沉潜的心债

过冬

闭上眼睛，盘起腿脚
把身体塑成
一棵冬眠的树
不施脂粉，不着霓裳
合掌向上，目光向内
枝叶全部回馈给大地
厚重的冠，舍与
剪刀和炉灶
身份标签抖落给北风
清爽、静默、肃穆
与自己裸裎相对
和着天地的节奏
生命的胎息
孕育一个新的春天

思无邪

风无影，藕花隐匿踪迹
缺雪的冬天，思想折了翅翼
水里的鱼，听不见鸟语心声
树上的鸟儿不识水性
黏腻的暖阳，载不动清冽柔情
念想远远长过纸墨
众鱼儿仍在拼命摆鳍
鸟儿们更热烈地鸣唱
风裹挟着雪，逃逸
无法寄达的相思
将严冬鼓荡成燥热
这个季节，爱失去了
抵达的路径
心自饱满着，于念念中
——自燃

位置

蓝天白云下的小屋里
隔着朦胧纱窗
他如烙饼般翻着自己
一会儿仰躺在被子上
一会儿蜷缩于床褥一角
忽而又横卧床板中间
总也找不到一种合适的姿势
心不自在,哪有身的自主
他一生都没有找到自己的位置

月影

一弯残月，两眼
凄惶相对
我叹月儿
光明只有一线
月儿笑我
黑暗无有边际
低头黯然神伤
星星不忍，赐我
影子作陪

山是山　水是水

小溪欢快地奔流着
一座山横在前面，用它的高大
蛮横地挡住了水流，镇压了
水的跃动，改变了水的流向

灵动多情的水，从此低下
谦逊的头，温柔滋润着山体
山更加挺直了脊梁高昂了头
心安理得地享受水的柔情温润

某一天，水熬干了热情
耗尽了平静守候的耐性，不再忍受
山那不变的强硬和傲慢
山和水的故事，就无疾而终了

风和水

云，是水放出的风筝
雨，是水点画的艺术
雪，是水飘逸的浪漫
冰，是水坚忍的情怀
它们是水的另一种形态
风呢，像个好事者
不知疲倦地忙碌着
总想变幻水的姿态
要让云、雨、冰、雪
反反复复地相互转换

风为谁吹

阳光下，牛羊在安然地吃草
无可选择地一天天长大
无法预知，自己终将为谁肥硕
成长之于它们，或是致命灾难

夜幕里，一只老狗声嘶力竭地狂叫
那没有间隙的吠叫几乎代替了呼吸
想要驱散自己陈年的寂寞，或者为了
陪伴围墙外孤独行走的异乡人

高原上的春天，风格外肆意疯狂
拼着命地穿透墙壁越过云层
是在为天地传递信息，抑或
要把生命的种子传播得足够远

孤灯下,多少人辗转难眠

是在过滤生命中曾经穿行的影子

任由过往的脚步憔悴岁月

或仅仅为了等待一场雪的降临

告别拉萨河

四月的一个黄昏，初识拉萨河
春天的河水闪着碧玉的光芒
宁静妩媚，又生机无限
夏天，汇集了雨季充沛的水源
拉萨河波涛汹涌，如万马奔腾
秋天是河水沉淀过滤的时节
孕育出冬季
水面的珠光玉润，五光十色
多姿多彩的拉萨河啊
你用博大养育了无数生灵
你的睿智是这座文明古城的历史见证

告别时，同是四月的一个黄昏
狂风裹挟着沙尘，恣肆吹打行人

似乎在尽力遮掩混淆什么
终于来到你面前,不知何时
你竟沧桑得如此不堪
原来,风也不忍我看见你的荒凉
是谁汲走了你生命的清流
你裸露的河床这般疮痍满目
是谁摧毁了你前进的信念
你看起来如此地颓废无力

拉萨河啊！你被什么吞噬了生机
在这一段你杂乱了本色
如一潭废弃的染料水
一大片黑褐色水流漫过来
一波暗绿混着灰蓝色水流涌过去
无头苍蝇般涌向一切方向
最终却只激起一些毫无生气的波纹
原地打转的你,在另一处甚至呈现出
死寂的黑色,散发着不堪目睹的腐朽

拉萨河啊！莫非你的心被悲愤浸染
你的泪经由谁的眼睛流干了

身被红尘玷污，你也迷失了方向
只在混乱沮丧中，消耗着精神
夜幕下，你身边的城市华丽耀眼
横跨于你腰身的大桥霓虹闪烁
而你暗淡无光，独自发出微弱呻吟
你用全部精华养育了这座城

拉萨河啊！让人怎能甘心你的巨变
往西再往西，企图找回你的原貌
远处隐约传来欢快的水流声
继而，一片宽阔水域映入眼帘
水面闪着镜子一样的宁静光泽
循着美妙悦耳的水音继续前行
河面上五六股水流有如青龙布阵
滔滔大水争先恐后跃过一道河床
会合另一支流，浩浩荡荡地奔向远方

展望远方，河面一片苍茫
拉萨河复活了，我心欢悦
不再难过于你的变化
或许，你从来都是鲜活的

偶尔的倦容只为荡涤岁月的残渣

复以崭新的面貌奔向理想彼岸

告别拉萨河,又见了拉萨河

似乎才走进你的精神世界

拉萨河,我也去化解心灵的包袱

夜，这般美好

送走最后一抹晚霞
万物归于宁静
喧嚣散尽，浮华尽失
月亮和太阳交换完位置
星星，就把夜晚送来了
暗光里，生命还原出本真
人和兽各就各位
偶尔两声狗吠三声虫鸣
夹杂邻家几声欢语喧闹
一切都在传递着平安祥和

静夜中，五脏六腑各司其职
思想开始自由驰骋
心灵浸淫在美丽的孤独中

而得独立,而享自由
夜,这般美好

不必为了生存与各种物纠缠
夜晚,清净的我与精神同在
尽享夜赠予的美好礼物
将自己化为清风明月
作天地自然的忠诚信使
化为新竹迎风招展
聆听天地大德的法雨甘露
化为白莲静静绽放
沐浴月光的智慧光照

或将小小的我幻为一片纯净天空
等待伟大的诗神为我着彩
借暗夜的帷幕,化为万物的精灵
看灵魂轻盈曼舞升华
夜,这般美好

春天里的抗争

春来了,水绿了,山活了
万物复苏,美丽花儿开了
冬眠的虫蛇也开始蠕动
春的生机在体内蓬勃
意气风发着,召我做些什么
那蛰伏着的病魔也蠢蠢欲动
伺机在明媚阳光下做祟
它们就藏在我的头皮下
躲在我眼睑内、耳膜处
时刻想跳出来控制我侵蚀我
我警醒着,抗争着
借圣贤的远古智慧和霞光
让春风吹遍每个角落

直立着的向日葵枝干

秋天，向日葵被收割了
一排排整齐直立着的枝干
高擎着悲壮，抑或傲骄
低着失去头颅的头
静默向东，品味落寞或欣慰
枝干健壮叶片阔大，闪着金色光
似乎在诉说昨日的辉煌丰收
完成了短暂一生所负载的
简单又神圣的使命
仍倔犟地保持固有的姿态
是在等待什么，抑或昭告

秋夜忧思

秋夜，跟随我隐形的影子
踩响一地落叶，惊醒
惆怅无限。叶子昨天
还是金黄色的柔韧啊
又溜过去一个季节
冷风拼命传递着萧索

因虚度年华而惶惑焦虑
时光之河已悄然载我至秋
颓废心思，拖不动沉重的双腿
不思不想不动不说
用静，将丛生的烦恼杂念粉身碎骨
找回本真光明，回归全新的自己

雨夜

夜的窗外,雨滴鸣奏着
天地共谱的华彩乐章
时而迅疾,时而悠缓
偶尔三两滴敲击玻璃
恰似情人相思的呢喃

绿叶植物欢欣雀跃
土石建筑沉闷对抗
各以自己的声音迎接雨水
参差出一片和谐悦耳

屋内是静谧无边的夜
思想在夜的光亮中疾驰
急欲寻找一个点

将自己燃烧、融化
乃至爆炸
幻化作七彩霞光，抑或
比发丝更细一万倍的一粒尘埃
逸脱出生命混沌平凡之浊

更新

曾经只想作亭亭净植的莲
在众花喧嚣之外择一隅独立
默默绽放悠悠清香
诠释生命的清雅尊贵
自足而欢喜

而今宁愿做一枝普通的春花
隐没于繁华之中
或可乘着春风巡游
一路将芳香播撒给世界

曾经倾心于作通直挺拔的竹
生于古刹庭院，与高洁雅士为伴
风起狂舞，笃定地坚守大地

雨雪敲打，更翠绿出傲然的清新
淡泊而清净

而今甘愿做一朵缥缈无形的云
不受根的牵制，随季风飘游
这样，或可追寻自由的身影
为奔跑者遮阳，或适时降下甘霖

像植物一样活

好想像植物一样活着
是一棵参天大树，便去遮风挡雨
是一棵小草，就四季常绿着守护大地
若能开出美美的姹紫嫣红的花儿
就去装扮家园，将风儿熏染
无论乔木灌木草木，抑或花卉
就像植物一样自然地活着
自己安安静静平平和和地生长呼吸
只需完成天地自然赋予的使命

像植物一样本真地活着
本本分分地只做自己，不必费尽心神
总想着改头换面脱离自己的本性
天地日月赋予的样貌，就是最好的衣裳

也不必依赖塑料的金属的所谓现代工具
来确认自己的存在，寂寞时
自有大自然的使者——风雨来传递信息

像植物一样和平地活着
不用争斗，勿须防范
不用贪爱，也不会怨恼
不必担心自己的存在会不会妨碍他人
不必担心失去人格尊严遭致同类欺侮忌恨
更不会无所事事地将山样的粮食变成垃圾

像植物一样干干净净地活着
等到生命终结时，将从自然中所汲取的
完完全全地返还给自然，从而不着
一人一物，了无牵挂地化为永恒
叩问伟大的自然之神，人怎样才能
脱离动物性，像植物一样简单清净地活着

大地的秘密

从拉萨到阿里的飞机上
我看到了大地的肌理
——那隆起的肌肉的苍劲以及它的影子的峥嵘
——那挺拔的骨骼的峰峦以及影射出的凌厉
——那平缓的坡地的柔波以及绵延的余韵
——那漫漫的草滩的欢快以及生机活力

从高地往更高处,我看见
大地的眼睛——那碧绿湛蓝的湖泊
左岸是洁白雪峰,右岸是比雪更白的云朵
蓝盈盈的湖水啊,心所向往之圣湖
——抑或,人们避而远之的鬼湖
三公里之间的取舍与向背
大地不作说明,白雪和白云不欲分辨

从高地往更高处，我看见
大地的毛细血管赤裸袒陈
青红本色毕现，在山峦褶皱间的平坦处
根根交织成网，又丝丝脉络分明
似人类的末梢神经，显形成了树

从高地往更高处，我见识了
人类在大地上的游戏
画圆画方，涂绿抹黄，着彩勾线
划长长的曲曲弯弯的青黑色血管
粗的线条贯通西东南北，细一点的
温柔迂回环绕，连接上下八方
——那是无数个“我”祖祖辈辈勤劳的遗迹

从高地往更高处，我看清了
大地母亲的参差姿态
但，哪个是冈仁波齐神山的阳刚
哪个又是纳木娜尼雪峰的柔美
朗钦藏布玛加藏布象泉河班公湖谁是谁
我不敢贸然替他们命名，更无权评判

亿万年前被孕育时，原本都是平等的

看清了大地母亲的细微秘密
我心惶恐，无暇也不敢贸然发声
赶紧捂严衣衫帽巾，闭上眼睛
——实是一不小心窥见了自己的私密
倏忽想起，在天地眼里，我，我们
从来都是 360 度全裸，没有纤毫隐私

札达土林

是大地和风，密谋的一个游戏
——仿制一个人间世界
在大地的尽头，最靠近天空的高地

麦积山先来一百零八座
云岗石窟也来一百零八座
莫高窟有点难度，先造八十一座
菩萨无界，邻国的吴哥窟也可复制
尊胜塔、涅槃塔、天降塔、神变塔、和合塔
东南西北方，各造八万四千座
任他们去转法轮，育莲花，生菩提

埃及的金字塔，可以多造几座
长城九万九千米，秦始皇的

兵马俑方阵，没事可以一直造下去
汉武帝率百万大军，八方驻守
成吉思汗的千军万马整装待发
舰队一千支。轮船八千万。任你调遣
孔明问东风借的箭，且堆在那个角落

老子和他的青牛坐骑，一并请来定居吧
孔夫子及七十二弟子，长坐山头论道
头发卷曲的达摩禅师面壁，静默如塑
鼻梁高挺的西域僧人鸠摩罗什，灯下讲经
唐玄奘负笈持杖，风尘仆仆行脚在求法路上
观音菩萨手托杨柳甘露瓶，脚踩千瓣莲花云
听闻人间太多的诉求，她变成一面四臂
照见人类烦恼密集，她化身十一面千手千眼

孟姜女站立崖畔望夫归来，身后无数姐妹追随
被银河隔开的情人，在这里永恒相爱相守
授课先生正襟危坐，孩童们嬉戏笑闹
这边大臣们着长袍戴官帽手拿笏板恭敬站立
那边西装革履的现代人行色匆匆或围坐会议
那些密密匝匝挤在一起的潦草人形

是女娲娘娘当年造的，还在耐心等待命名

一只金麒麟静卧山头，鳞甲微光闪闪
老虎威风凛凛地对着山下长啸
狮王悠闲静坐，看子孙们嬉戏玩耍
这只大象注重仪表，眼睫毛都根根分明
一群鹿灵巧跳跃，一只巨龟静静地观望
藏岩羊灵敏攀岩，大雁们振翅欲翔
雄健的黑牦牛，和犏牛群相安无事

说吧，人间还有什么我们没有
树木！来吧，百里长廊千里长廊万里长廊

还有还有，人间又生出了新事物
风带来新消息，和大地商议继续密切合作……

霞义沟土林

是谁为你赋形
又是哪个替你着彩

是风的杰作
是大地母亲的孕育
还有太阳给我华彩
还有月亮赋我韵致
还有那道闪电替我塑形
还有雨丝,柔美了我的线条

是谁给你裁剪衣装
又是谁帮你梳妆打扮

是风的巧手

是太阳和月亮的光辉
还有，那群土拨鼠帮我清洁妆容
兔子和它的同伴日日替我理鬓发
肥肥的旱獭给我做了舒适的鞋子
麻雀和红嘴乌鸦天天唱歌给我听
老鹰，给我送来美丽斗篷和帽子

风说——
不是我，是时光的成果
太阳和月亮说——
不是我们，是岁月的功绩
“还有你的眼光的作为……”
风对我补充道

（注：霞义沟土林也属于札达土林范畴，但它不仅色彩比其他土林丰富多样，其造型也很特别，是由一个个独立完整的个体连接成林的，姿态万千，具有极为形象的拟人拟物效果。）

土林秘语

你从大地的心脏长出
绵延千万年，才抵达我眼前
又向时间的无崖逶迤而去
一路无声地演讲着
涌动着，刹那不曾停歇

你告诉星辰太阳光下的故事
你把月亮的光华讲给沉睡的人
衔接夜晚黎明，平衡风霜雨雪
还要调和昨天和今天
你要努力把历史，延伸进未来

你庞大身躯的每一处都毫不懈怠
齐心参与这项伟大运动，演绎

那看起来的永恒静止
静,是你掩饰动的面纱
动,是你成就永恒的唯一路径

为了不被时间的车轮甩下
你把自己修炼成了岁月的模样
而你的美——你最后的深意
尚待我涤尽尘劳
用纯真的眼眸,一一识别

圣湖和鬼湖

清碧，蔚蓝，你们结伴住在神山脚下
人们叫你“永恒不败碧玉湖”
间隔三百米，人们叫她“鬼湖”
有无心人把“玛旁雍措”红字巨石
立于“拉昂措”岸边，郑重其事地
鬼湖边很快垒起了千百吉祥玛尼石堆
有心人又敬献上一条条洁白的哈达
无心和有心的一场无心合作
转眼间，鬼湖，变成了圣湖
而这是大地的秘密，不必说

你们是神山的左右肺叶
你们是黑夜的两只眼睛
你们是上天的一对碧玉女儿

你们是高原大地的左手和右手
暗夜的静寂里，我见闻到
左右眼在彼此抚慰
姐姐和妹妹温情依偎
两瓣肺叶正在互通有无
左手和右手相互合作帮扶
而这是大地的秘密，不可说

神女峰纳木那尼

你从大海的核心生发
在天父地母的呵护下长大
有一双纯真清亮的眼睛
一天,来了个美好形象
热切望着你,真诚向你示好
一次又一次,你心动了
将身心毫无保留地奉献
你以为,是上天额外
赏赐美好的你,一份美好
你以为,自己找到了永恒

忽然有一天,你发现
纯真清亮的眼帘外,在演绎
同样一幕情景剧,但剧中

那个女主角，不是你
你的心痛，化成了漫天带锋刃的
雪花，一片片从头顶砸下来
冰寒侵骨，直贯穿至足底
肌肤僵硬成厚厚的冰雪铠甲
闭紧双目，端坐寂静孤岛上
你要问无边的黑暗，寻找答案

一束太阳光忽然照射进来
"黑夜洗练过的眼眸清亮"，你看见
你和美好的他，并没有真正相爱
只不过是红尘中的两个人
以爱的名义，短暂相聚
或者比短暂稍微长了一点
而多出来的时间，你们用来互伤
他的美好，是爱的名义赋予的光环
其使命，恰是来唤醒你引导你
——发现和认识自己的美好

僵硬的冰雪外衣訇然坍塌
你睁开双眼，收回张望的目光

赫然发现自己长高了

比那个“爱的名义”还要高出许多

你低头，去向海底大地母亲求证

蓦地看到，他们，包括“爱的名义”

都在你的心海里光辉熠熠，微笑不语

而一双双明亮的眼睛里，清晰映照着

晶莹剔透的你，那么光芒闪亮

正是永恒！是美好！是爱！是圆满！

古格王和他的王朝

你承受上天恩宠，生于帝王家
荣华富贵和险恶争斗中顽强成长
家族的厚重血脉，你得拖着前行
王室利益牵绊，你行得踉踉跄跄
祖先的荣耀，赋你胆识和气魄
民众的拥戴，予你勇气和力量
时局的艰险，逼你决断和果敢

你不得不动，一刻也不敢耽搁
局势迫你率领残兵败将匆匆而行
暗夜里裹着你的家眷和臣民
进入曲折幽秘的土林腹地
终于敢松一口气了。转身回望
土林绵延无尽，像兵士排队列阵

连日奔波逃亡的心有了一点安全感

绵延无尽的土林，让王的豪情陡生
这千万岁高龄的土林，正好可以
作王宫，不，是王宫的地基
喏，就在那座最高的山头上筑墙建屋
朝堂大殿。王的寝宫。周围后宫妃嫔
大臣们依等级，由近及远建屋，或凿壁
为室。奴仆们依次往下，洞穴藏身即可

朝霞的金辉中，王霸气又不无怯懦地指点
没水，从山下河里背，数百米高的悬梯直达
食品器物不方便，没事，让奴仆们轮流背送
通往山顶的路不要太宽，隧道不要太大
迂回曲折，正好“一夫当关，万夫莫开”
王的宫殿建成了。辅助设施也渐次修好
一个王朝开启。王重新又高高在上了

高高在上的王，每望着绵延无尽的土林
想象指挥千军万马，凌云野心极大满足
王请来佛法僧三宝，建造巍峨殿堂敬奉

安排同胞兄弟，住在庙里专心修持佛法
梦想王朝像千万年的土林，永恒不败
历史车轮滚滚，王和王朝很快灰飞烟灭
惟残垣断壁和土林，活成了时空的纹理

隐身，也是慈悲

您从时空的根上来，您遍知一切
被人类尊奉为雪山宝“冈仁波齐”
您以金字塔的范本为身姿形象
代表岗底斯山家族矗立世间
巍峨方正，四平八稳，亿劫不增减
仿佛宇宙的定海神针
您的白雪斗篷四季晶莹，昼夜不变
历亿万年心无迁移，妆容不染垢净

人们不舍昼夜，从四面八方涌向你
五花八门的欲求，也风雨无阻地驰来

有人当你是自然界的奇迹
跋山涉水历尽艰辛，只为看你一眼

有人视你为能医百疾的绝世莲花
五体投地不惜身命地赶来朝拜
你显露正大光明的真容，岿然不动

也有人认为你神通广大，无所不能
虔诚祭拜，想求你保佑他富贵荣华
看，双手握念珠贴额的老妪在祈祷：
那串塑料珠子变成真的珊瑚和松石
你微笑不语，怕一动声色吓坏老人

世俗的身直立，纯净无染的心匍匐
您遍知一切，而我来自江湖世界之外
唯愿知道，这一切和生命有什么关系
人间那么多痛苦无奈，愚痴和无明
请告诉我，怎样才能不被烦恼乱心

您隐身厚厚的云层后面缄默不语
执着的目光不得不收回。一转身
纳木那尼峰在朝霞中熠熠生辉
那么光辉灿烂，耀眼夺目
她身边的云彩刹那幻变，自由

自在。从不留恋或纠缠上一个姿彩
脚下这朵雏菊花，闪亮若星子的眼
她身边千千万万的姊妹皆美丽一如
丝毫不担心秋风秋雨，寒冬将至

她们个个自美其美，闪亮而宁静
安分做自己，不迎不拒，不忧不惧
沐浴着隐于善巧方便后的深切关爱
我的心地明净安宁，柔和又宽广
噢，“爱和意，必逸于形”——
您隐了真身，引我见识无相之妙
原来，一切皆是慈悲和智慧化现
小花，云彩，纳木那尼雪峰
皆是您。我的心——也是您

第二辑 遇见生命

每一次遇见，都唤醒一种感觉
发现一个新的你，照见一个新的我

诗人之后，诗永生

——写在海子的忌日之后

昨天，海子走了
带着他的幸福一起
而诗还在，春天也选择留下
闪电的词句化作一场场春雨
殷勤润泽着山川大地
唤醒了千万样的绿
涂描着姹紫嫣红的彩

铁轨来不及喊停，诗人就化了
连同他面朝大海的房子
而家还在，我也选择留下
筑一个朴素的小巢
执清茶素笺伴阅金经，温馨红尘

严冬里静赏一簇水仙的寂静清新
不苛求天地间永远春暖花开

风的轻悄里，一个星的孩子
陨落了，没能带走他的圣书
而母亲还在，真情也选择留下
山河流淌着尘世的苦痛和欢乐
日月播撒着万物的恒爱和慈悲
诗人的粮食和蔬菜，滋长着新的希望
母亲的炊烟喂养着心灵永恒的诗意
诗人之后，诗永生……

生命的轮回

一地枯萎凋零的花瓣
遭遇,少女初潮的经血
一种花谢了,另一种
更灿烂地绽放

不分季节,不舍昼夜
生命的生息循环
从来就没有停歇过

花香逆风飘来,似乎
挣脱了风的摆布
如同,高贵丰盈的灵魂
意欲摆脱丑陋老朽的皮囊

长眠者的追悼会上，隐隐
传来，初生儿的啼哭声
那是否生命新的载体
死亡或使精神新生

淬炼

将有形的骨血，无影的神思
热腾腾的情意和记忆
里外上下整个的我，美好的丑陋的
乃至过去、未来、旧我、今我
粉碎成细末，咀嚼成微尘
在遗忘和焚毁中，化我常新

消化得了火焰和冰块
不太计较世界的冷暖
也毋需在意季节的长短
学牛一样反刍、化解、吸收
融汇所有能量，逸情。忘我。
一点一点充实被掏空的空
太亏欠的那颗纯真的心
像爱你一样，爱自己
像爱自己一样的，爱你

谁在时间之外

牵挂,欲成为
脚步的种子
遗忘正在掘挖
念想的坟茔
那些记忆——遥远如梦
那些情境——美好如梦
梦,痴等着收获
思念的痛却真真切切
风急问,谁将获胜
醒了,还在
醒了还在

坚硬顽固的现实
耐不住岁月的悠悠沉淀

纷繁红尘，经不起
一颗真心的靠近
每个人都大睁着双眼
在时间的昼夜里痴迷流转
心所希求的真，却从来
只在时空之外逍遥
红尘中谁人能够
醒了还在
醒了——还在

我和我的身体

我的身体，是我的舟船
载着我抵达明天，同时
运送我走向死亡
她一往无前，从不回头看

我的身体，是我的屏障
替我穿着衣裳，替我塑着形象
替我遮掩着丑，替我挡着羞
她从一而终，绝不为另一个人所有

我的身体，是我的房屋
装着我的正直善良和清纯
也隐藏着懒惰狭隘和怯懦
她绝对顺从，我给什么她就盛装什么

我的身体，是我的监牢
一旦选择了，一辈子就都被她关押着
我的美和丑，我的善与恶
除非她死亡，否则我一步都别想离开

我的身体，是我的工具
无论我让她做什么，她都唯命是从
替我承担着昨日之果，同时
也毫厘不爽地缔造着未来的因

我的身体对我，比我对她忠诚
喜欢着我的喜欢，厌恶着我的厌恶
倘若我死了，她一定紧紧相随
而她若死了，我却不一定追随而去

我的身体，是天地父母
赋予我的，完成一生使命的工具
我却常常为她的眼耳鼻舌欲望所奴役
被她所需要的色声香味触法而利用

我和我的时间

我的时间是我生命的河流
运我走向明天，推送我从少小到老朽
它顺势而行，从不逆山而上
陪伴我从生命的起点走到终点

我的时间是我的私人银行
她开具的支票，可以
换取善良美丽智慧和财富
一不小心，也可能兑换成疾病和债务

我的时间是世上最公正的
它给每个生命的，也一分不少给了我
无论如何恳求，它都不会对我讲私情
把昨天延长一时，或将当下拓宽一分

我是我的时间的代言人

我用我的言行为它着色,替它塑形

我还是我的时间的送终者

当我的生命完结时,我也让它终结了

天地间有个大钟表

古老的八廓街上
每天都行走着无数枚指针
有的像时针
身材壮实，步履沉稳持重
有的似秒针，纤细
瘦弱，步子琐碎而匆忙
更多的脚步铿锵，神态
从容坚定，若分针

指针们相信
只要按照自己的节奏
顺时针
持续不息地转绕
就能回到家

环绕大昭寺走啊走
一圈又一圈，一天又一天
身累了，派心去代劳

全然忘记了
出发时的方位和路径

红墙肃穆，金顶
闪耀着太阳的荣光
迦陵音破壁而出
——你不是指针。不是指月之指
月亮流泻出的无影光辉
太阳散射出来的犀利光芒
回家的路，唯有迎着光线回溯
那圆满的莲花，等你穿墙而入

网

蚂蚁不小心爬上了地球仪
它照常匆忙奔走，勤勉跋涉
不知道走在密密麻麻的网络中
这情景，多像人在地球上的一生

每个人都出生在网中
不管愿不愿意，你必是某对
父母的孩子，某个家庭的成员
某个村寨或城市的一分子
某个国家的公民
你也必是时间流中的一个点
处所和环境给你标明了身份

无形社会关系网中的一个点

也占据着有形地球上的一点
从这个点出发，编织自己的人生
属于你的时间的点逐渐缩小
而你在世间的网不断刷新
如若思想够有力，地图上
被你踩过的线路就会无尽延伸

智者不愿意被先天的网禁锢
一生都在戮力解缚
破斥重重障碍，拓宽半径
在新的疆域里，继续剥脱身份桎梏
他的网越来越透明，而他在其中发光
照亮身边人，也温暖世界

存在

爱如果没在我心里，
那么他也没在别处。

世界只在你“看见”的时候，
才对你存在着。
任何事物若没有与你建立链接，
对你就是无意义的。

不管你在哪里，无论你是
怎样的姿态，你都是独自存在的。
“世界是你自己的，与他人毫无关系。”

好人若能学得一点
自我戏谑能力和游戏精神，

也许会变得柔软一点，有趣一点，
人生也会可乐很多。

艺术需要认真，但不可太拿劲儿，
惟当你忘我，乐在其中，
艺术旨趣自然毕现，
引领你通达生命的真境。

小小的毒

你绕着我盘旋，暗夜里
翅翼快频，发出声音的剑锋
看见中意的地方果断下口
左右手臂，肉不多的额头
还有连着心的手掌心
都被你探进犀利的触须
吸血，顺带释放小小的毒

你小小的肚腹，已被我的鲜血
和难耐的搔痒，填充得滚圆
仍然喂不饱你的执着和贪婪
嗡嗡嗡，你得意地欢唱
终于激活心底里潜藏的一丝
愤怒，对准你高高举起

手掌,却没有落下

这一夜,你扰我好梦数回
而我终究不能,还你一掌

那些未能出生的生命

妇产医院里，那些未成形的生命
被人们心安理得地消灭了
一些专业药物也扮演帮凶
让爱的产物、自己的血脉
悄无声息地灭于无形

爱的行为使生命泛滥
地球不堪重负，只能计划
必须节制。返回头来
用爱扼杀爱所生成的生命
是因为责任。抑或不负责任

追忆一个陌生人

已过知天命年，突然彻底地走了
人间众说纷纭，又似集体失语
她是有成就的作家，也是优秀编辑
据说温婉且富才情，颇有影响

我未曾见过她。同事们与她也无
直接关系，但一整天大家都神色凝重
间或小声谈论，似乎人人
都被并不熟识的她，抛弃了

没有人知道，与世界相处和谐的她
离开之前，和自己进行过
怎样艰苦卓绝的斗争
身体心灵经历了怎样孤独困窘的挣扎

清零

送走黑夜，白昼开始
争分夺秒地追赶
终于在暮霭时分把地盘归还了

让男人归于他的女人
女人找到她的心
之外，我对人间没有更多期望

你用伤害告诉我
你只不过想成全我
所以当你对我好
我知道你正在说告别

为了和变化这个无常之魔
抗衡，你昼夜不息

把自己变成了变化本身

太阳光下，拼命修筑篱笆
又试图用整个夜的黑
从孤岛突围

有了春分和秋分
昨天和今天就一样明亮了
天地分明了，不用再找天平
测量昼和夜的分界点

夏至和冬至先行打了招呼
冷热就不会突然无序地交替换班
你离开后，除了偶尔的颓废
余生，我不需要再防范和抗争

听风大唱背叛之歌
看雨长流悔恨的泪
观云，飘舞着无心的漫画
除了自己内心的愚痴和无明
我没有别的敌人

十八层高楼

住在十八层高楼上
我似乎远离了地球的吸引
似乎接近了高而远的天穹
摆脱了世俗的纠缠隐遁于生活
我似乎高高在上，大可以飘飘然

坐在十八层高楼上
我高高在上，敢于俯视大地
看人群如蝼蚁般蠕动
大树也变成了小草
公共汽车似幼儿掌间的玩具

站立十八层楼上，我陶醉于
大摞的人民币换取来的高贵空间

钢筋水泥是我的长腿我的梯
我似乎可以抬脚驾云伸手抚月
我似乎可以拍拍胳膊飞翔

十八层高楼，这高而贵的空间
将我托举至离天尺五的高度
也使我不再拥有大地的支撑
从此不用听闻庸常琐屑的声音

十八层高楼——
这用钢筋、水泥和金钱垒就的
上不着天下不挨地的高处
我能否相信——你
永远不会摔下我，连同我的魂灵

隐忍

倾尽全部气力，关闭念想的羽翼
是什么在往外挣脱，疯狂的。
语言不能抵达的梦，梦无法接通的
心思，必须寻个出口，从这空间
突围。在这里，心无所归止

白昼里麻木的神经，夜里张开
张牙舞爪的触须，试图冲出牢笼
眼泪、欢笑，和诗歌
没有什么路径能抵达你。你在
世界之外的世界，在心中的心里

不能轻易打扰你，荷花世界的梦乡
燃烧吧，用疼痛的烈焰一寸寸焚毁

差距。在隐忍的疯狂疯狂以前

去追。以疯狂的隐忍为翅翼

那个清清亮亮的梦，你是唯一主角

小桅

可是神要舍弃我么
世界没有改变模样
你的光芒却在褪隐
我心充满忧伤，阻挡不了
神要收回他赐的礼物

热烈交谈中，两个心灵
一次次擦肩而过
沟通，有时偏产生拥堵
千言万语，也不过是
五颜六色的污染

被俗世绑架的手臂
轻轻推开了她的太阳神

一转身，又痛如刀割
默默相望而生的盛大
欢喜，不是幻象

爱壅塞心头。忧伤壅塞心头
哪个是真相？哪个是造作？
这场盛大的相遇，突然
使人惶惑不安。而这不安
是可靠的吗？我不知道

异想，天开

如果可以，我想运用
所有力量和技能
做一个最高明的贼
从红尘客栈中
偷出你，偷出我自己
不带你的紫冠锦服
不要我的丝绸绣鞋
一丝不挂，我们远走高飞
不牵念墙上的钉子贴身的荷包
也不要车马，就以风为翅
月光就是我们的衣裙

如果可以，我想启动
最高明的智慧

和你一起当一次逃兵

逃出这坚固的身体堡垒

逃出我们生生世世的名字

逃出时间的轴,空间的坐标

舍弃炊烟的暖和情感的飘

跳出道德面具和因果锁链

摆脱一切形态连同影子的纠缠

透明是体,光是羽翼

在无因果里自由自在,无始无终

过去和未来之间

来不及用心看一眼
洁白世界的纯粹
雪,就化了

来不及等窗外的树
长满一圈年轮
来不及执子之手
写成一首诗
初心就丢了,默契就没了

来不及看清楚人生的刻度
照着理想痛快活一回
热情就冷了,岁月就老了

来不及追上记忆，还清
昨日旧债，为明天规划打算
一低头，今天就不在了

来不及赶上时间的脚步
一恍惚，一辈子就要完了
穷极一生，收获的只有追忆
过去和未来之间，并不是当下

低烧，是一种情绪

体温三十七点八度
不是正常，也不算发烧
似乎什么都不耽搁

鼻腔里呼出的灼热气息
悄悄烫热自己的唇
内里有暗流涌动
仿佛情绪的隐忍淤积

狡猾的心，躲藏在绵厚壳里
不想忍受一点儿生活的苦痛
精神的触角却不甘心停息
突围，身体是它不安分的出口
周身肌肤被酸痛神经，细密地啄

思想却迟钝，如结了茧子一般

梦趁机发威
把灵魂置于混沌中，拷问
奢望独立深刻的自由

而生命之美——
意境高妙的诗，从来就是
泥淖中挣扎的副产品
祈祷一份善妙智慧，护佑
引领心灵，度过无伤的一生

病也是出口

脸上一片平和，对万物喜悦
微笑，眉梢眼角写满友好
以为内里这颗心，早已与伤痛
和解，与长长的记忆和解
与昨天的自己，愉悦和解

不意却有汹涌暗流，伺机
如箭矢，从喉咙频频射出
不舍昼夜，不遗余力
震撼五脏六腑，惊扰左邻右舍

狼狈又狰狞，似战争的丑陋
似欲向天下抖漏，难言的委屈
瞧你的和解多么虚伪
噫，咳嗽像个好事的告密者

咳嗽，这隐秘的语言

一声声震撼的咳嗽传来
夜幕被撕开了一道道口子
你眼前金星闪闪，腹腔里
如同遭遇地震一般翻江倒海
尖利或微弱的咳嗽，像一个个
跳动的音符，诉说着难言的心声
我仿佛听到隐秘的悲愤郁闷

好想走进你心里，帮你摆脱
那无医无药可治的狼狈
找到属于你的表达方式
使所有的淤积
化成语言文字，徐徐流泻
用文明的姿态发出自己的声音
相信这世界正在走向乐于倾听

夜的风

失眠突然造访
夜无语，我不欲言

有风自黑暗中悄然旋起
莫名，却拼命抗衡
化成气流
自胸中喷薄而出

以咳嗽的形式，呐喊
一声紧似一声
撕裂心肺，惊动天地
如剑，划破夜幕

执着地惊扰梦的静床

无辜的双眼被迫涌满泪水
失眠和咳嗽公然相互成就

一切似乎都名正言顺
包括自由。于是
互不相扰，各自安然

夜继续静默，我仍不欲言
天，快亮了……

长夜

三个小时睡着五次醒了六次
夜晚，无端地被肢解
一个夜，分割成了无数个夜

仿佛无数个木格子
你在一个个格子里奔突
把自己也分割成了无数

一次次被困倦拽入梦乡
又一次次在挣扎中醒转
想把灵魂安顿在身体中
抑或，使身体顺从于思想

罅隙处，寻求诗意的超脱

梦里反复推敲文辞
时而陶醉自得
字义里,分明藏着完美答案

分割夜是一项义务劳动
一个人的战争,艰苦卓绝
天亮了,身体仍是右侧卧姿势
而你,已经精疲力尽

与风说

夜半突然苏醒，似是被
风的寂寞所唤
我耽于梦境时，风独自
走过了凛冽路径
也曾绕过我的窗下，探听到
雪藏着的梦呓

曾经无比亲密地誓约
牵手，走过所有岁月
终究还是比邻而居，遨游
在寂寥的深海里，各自
熬炼着，孤独
看谁能称王

你游不出心的海，看不见
我的存在
我跨不出我的域，走不进
你的世界
眼前千帆过尽，未得
一舟，承载你的孤独
耳畔万声喧哗，不闻
一音和我心语

心和心彼此呼唤，人与人
相互抗衡，各自坚守一方阵地
狭隘。或超脱。冷暖自知
最后的最后，我们都成了
自己，孤独的王

辜负

玫瑰干花，藏茶，鲜嫩菜蔬
和着梵音袅袅，一叶一世界的绿
天心一轮大而圆的明月呼应
鲜亮悦目的意象，化成鲜明
食物，在胃里热烈燃烧
难以相融，这场诗意的集会

阳光，蓝天，明媚，纯净
穿透清新空气的桑烟的清香
张扬在风中的彩色祈祷，匍匐于
尘埃里的虔诚，百分之六十的
氧气，在脏腑间倾情地激荡翻涌
心海里终是流不出清亮诗句

呼吸短促，心脏被催成了急性子

万千思绪更快地化为云烟缥缈

把属于夜的隐忍和孤寂

写在白昼的脸上，令人羞愧

日光城的丰盛热情，错过了消化酶

假象

一碗饭不够一盘菜不够
突然胃口奇好
几种水果下肚还饿
喝了一下午茶还渴
点心，糖果，轮流入腹
甚至包括明天的午饭
胃肠加速运转
仿佛在帮忙消化心事
渴望一首诗
或者，想要逃避什么
太阳落山了，你的外衣
朦胧，辨不清颜色

城市边缘人

披着霞光，你兴冲冲地走出家门
踏在爷爷走过父亲也走过的路上
如往常一般，你按部就班地过生活
没有意识到，一切都在悄然改变

行走在人群中，如一棵移动的小树
拥挤中，你尽力地收紧枝叶
还是不断被人撞着，被车骂着
你疑虑了，隐隐感觉
老城有点异样有点陌生

坐进车厢里，似一株盆栽的植物
看车窗外那黑压压的人头攒动
疑是不同种类的蚂蚁集体大搬家

你也感到躁动不安，愈加收紧枝叶

走在天桥上，如一朵没有思想的云
看表情木讷的建筑工人，机器一般
把亲切的土地变成一个个巨型水泥方块
茫然中生起一丝惊惧，紧紧缩小身体

十字路口，你已尽收枝杈如电线杆
看人人行色匆匆，车辆争先恐后
还是真切感到了人群的逼仄
不由得惶恐地检讨自己
竟也占着一块地方的罪过

走向城郊，无奈的你已精疲力尽
渴望那和平生长着的树木庄稼
那自然呼吸着的野花小草
给你力量，让你的身心自然舒展

却怎么也走不到头，蔫头耷脑的
你惊恐地发现，老城竟然长大了
不，是这城市正在极速膨胀

那冰冷坚硬的物
早已掩埋了自然的生机

奔走在车流川息人群拥挤的都城中
却好像始终游离在生活大门之外
日日穿行于鳞次栉比的钢筋水泥楼群
终找不到一个可以进入社会的窗口

你这祖辈居于老城的人呵
一不小心，就被膨胀的老城边缘化了
汹涌的人流物流，将你重新挤回老宅
喧嚣与繁华甚至想湮没你记忆的疆域

每天睁大眼睛迷糊地活着
你开始忧心忡忡，担心有一天
你会在自己的城中迷失了自己
你这边缘人啊，还能否找到回家的路

华灯初上

太阳收敛了光芒，月亮
还躲在山背后梳妆打扮
夕阳和云朵携手
竭力诠释和演绎着多姿多彩
日暮黄昏时分，万物
被恬静神秘笼罩
花草树木渐次安静下来
为即将到来的长夜积蓄力量

与鸟儿归巢一样的频率
人和车也都行色匆匆
各自赶往温暖的家园
那或简陋或富足的窝
足以还原各人的真实面目

安静愉悦中化解一天的劳累
思想者开始行动，在昼夜
交替时的静穆中成熟思绪

徜徉于悠远安静中，才一眨眼
万家灯火已经闪闪烁烁了
地上的华灯与天上的明星
相对着眨眼睛，夜猫子
还来不及搅扰夜的静谧
踏着这中间地带的美好怡悦
带着轻盈的身心思想回家
回归属于我的那盏明灯
迎接夜的降临，在广阔中遨翔

观光客

揣着大把的美好时光，你叹自己
一无所有。数着造物主给你的财富
朝霞满天时，你沉陷乱梦颠倒中
对早起的人们怀着虔诚的敬意
看弯腰耕种的老农汗流浃背
你怀着一丝羞愧自责，却不屑跟随
风雨来了，街道上的人群步履匆匆
而你没有需要保护和遮蔽的，犹疑着
将自己的唯一财富撒向无底的黑暗

揣着大把的美好时光，你没有痛痒
华灯初上时，人们围着热腾腾的晚餐
霓虹灯下，青年男女沉浸欢歌劲舞中
电脑荧屏里，变幻多彩的神秘世界

还有人在温暖的台灯下伏案疾书
而你无动于衷,不知道自己能做什么

一日复一年,一年复一生
没有人叫你干什么,你也不想做事情
至生命终结时,你真的一无所有
就这么消停地做了一辈子生命的观光客

心态

一场大雨过后，阳光适时
在天空挂起一弯彩虹
抬头看时发现更绚丽的一道
啊！ 双彩虹 双彩虹
情不自禁欢呼，想让每个人看到
路人木纳地回我茫然一瞥
我顾自欢喜着继续前行

路边一位年轻的拾荒者
步履慵懒迟缓，目光散乱
满脸皱纹胡乱生硬地堆叠着
好像一张新纸被强行揉皱了
心生恻隐，真想给他一点力量
好让他的脚步不那么沉重

至少神态不那么凄苦

迎面驶来一辆鲜艳的三轮车
车头车把和两侧车轮上
色彩斑斓的绢花迎风飞舞
车厢里放着啤酒饮料瓶破纸箱
原来也是一位拾荒者
却不见他脸上有任何忧愁
不禁会心一笑，同时心生敬意

流年算所想到的

看到几个七八岁孩子的流年算表
每个人的长相、性格和寿命
一生际遇，乃至聪慧勤勉愚钝散漫
以及一切境遇的因果缘由
全都清楚地写在一张大纸上
历算专家说，只要准确知道你的
生辰八字，就能推算出你的流年运势
曾经以为的迷信，忽然有了明确依据

人出生在剧本中，也终结在剧本中
或歌或泣，或文或舞，剧本都已规划好
而这人生的剧本，却是由你自己写就
历算专家说，此刻起心动念言行举止
全都丝毫不爽地刻录于剧本中

左右着明天的剧情发展。每一个当下
既在承受命运，也在改写命运轨迹
主动性就在于，对前因后果的起承转合

改变命运并非宏大空幻的命题
它就贯穿于日常生活的每个细节中
若想改写境遇，只有时时省察自我
改正顽固的因循习气，就改善了
性格，命运自然跟着改变
而积习难改，故凡夫混沌者只能因循
超凡智者方懂战胜自己，掌控命运

从容老去

过往的创痛蹲踞盘桓记忆中
如同遭损毁的宫殿废墟
不断用回忆自我煎熬
思想被禁锢于局促处境中

不止五体投地丈量大地
才代表虔诚,恭敬或散漫
各种方式,知觉的或无觉的
莫不为了探寻生命的终极意义

把沉重的身心记忆打捞起来
打乱,揉碎,沉淀,过滤
让生命还原成一张白纸
从此,只书写干净和从容

第三辑　遇见爱情

似一滴水珠的完美
随时相融，又各自完好

与鹤舞

1

你来了，笑容明净，如鹤
驭乘夏的最后一缕热风
月白的长衫鲜亮
恰似鹤洁白的羽翼
你动，世界便随你翩跹
声音里贮满阳光因子
你一说话，天空也变得明媚
寻常日子光耀成烫人的记忆
你眼里蕴着饱满的暖
回头，凝眸
就把太阳种进了我心里

2

我在阳光中醒转，欣欣然

若初生，柔弱又无畏

黑夜洗练过的眼眸清亮

世界褪去了朦胧面纱

神经赤裸着最初的清醒

每一寸肌肤都灵敏，似琴弦

待你御风而至，指尖复活

成了那架绝世的瑶琴

涉流水高山，赏阳春白雪

莲心不染，庄周化蝶飞升

一曲天禅梅花三笑

心，是一片春江花月夜

3

多奇妙啊！阳光在手上舞蹈

是双鹤陶然是琴瑟和鸣

揽荷塘月光，掬松间清泉

谱一曲江河水欲沉醉万年

笑着的眼里却盈了泪光

是谁在彼岸说悲欣交集

美妙浪花深处，一些意识苏醒

不想你的月白长衫被漂染

想把美好定格在最美时

使珍贵的，保持纯粹

让爱在爱中，永恒

想和你一起修炼，成和合二仙

想象你是一棵树

想你的时候，你是
窗外那棵树
阳光在叶子上跳跃
鸟儿在枝丫间嬉戏
我不要更多，只做一只
百灵站立枝头
在你累了时唱歌给你听

想你的时候，你是
床前那轮月
万物在你照拂下华美
诗人借你的光歌唱自己
我不要更多，只做
一潭秋水，安然

在你倦了时好有地儿歇息

想你的时候,你是
案上这盏灯
房屋凭你照亮自己
众人靠你驱除黑暗
我不要更多,只做你的
影子默默陪伴
就心满意足。不论昼与夜

想你的时候,眼睛
看到的一切都是美
耳朵听到的声音都是你
它们时时对我笑
我有时候笑,此刻却想哭
太多的你,太深的想
千丝万缕地把心撕疼了

爱的芥子

请饮了这满怀清冽
——雪山之巅颐养的
去斑斓你的生命之河
梦已将一星火苗播种
心田上会生长出流年的暖

请收下这半盏醇浓
——匍匐在爱情脚下的
去装点你的夜空之广
风已度了光芒在她眼眸
光之眼，会照亮世界的新

大地永远高不过
她所承载的，一棵柔弱的小草
乃至一粒最卑微的沙石
我只是爱生发的一枚白芥子

缘契

一年后的意外邂逅
恰是同一个日子
同样的时辰，同样的节奏
同样拾级而上的登攀
在另一个高度，会意

你没有属意纪念
我没想要刻意安排
未曾邀约，却再一次经验
遇见的喜悦，重逢的欢欣

不去管这一番巧妙遇合
是命运之神的深意，抑或
前世缔造的善妙缘因

只服从真心，深深感恩

从此坚信：天意尚美
一切都会是最好的安排
从此无需与世界计较
从此选择随顺众生

汉城湖秋雨

这场雨是从阳关来的，你说。

仿佛赶赴千年的约会，殷切绵密
大地聚集万物，布列最豪华仪仗
——大汉宫廷的青铜编钟
迎接天雨乐师，盛大演奏
七个白昼七个夜晚，不眠不休
曲音铿锵而浑厚，昂扬又绵长
十三千米的护城河，化作七弦
古琴，万千雨珠欢腾跳跃
悠悠情思荡漾，千波涟漪袅袅娜娜

梦见找回了失散千年的爱人
你穿过雨丝的虹桥，急急赶来
步履坚定，念念唤，声声切

摩天的水车听见蜜语呢哝
城门洞的青石看见娇羞的脸庞
垂柳新织翠盈盈的帘幕，柔情浸润
叶丛后面的玉兰花，也忍不住探头
眨动紫色眼眸，定格这温馨画面
汉乐府里波光潋滟，花好月圆

那汉宫秋月的上林苑，不想
鼓角铮铮的汉城墙，不念
大风阁上云飞扬，不见
天汉浮雕呈新颜，不看
神明空钵新承露，不思
西都赋赞长安盛，且听
绵绵切切的秋雨“轻拢慢捻
抹复挑，初为《霓裳》后《六玄》”
每寸泥土每株草木，都倾诉缠绵相思
万物随喜，沉醉在盈满天地的情意中

这场秋雨可是从阳关绕回来的？
你说，它当真是从阳关赶回来的。

一朵花的圆满

从他身上，她看到了
内心向往和珍爱的一切
而他引导她
由此照见她自己
在他眼里，她是
世间最珍稀的存在

但他们从不说爱
怕纯净被现实亵渎
更不让自己逾越
护持对方安好如初
是彼此心底
更恒久强大的愿力

看到花树时，他欢喜着
喊她一起欣赏
月亮出来了，他总是
第一个指给她看
她的每个表情每一丝神态
他都解读得精准明白

而她每每见到他时，眼睛里
就不自觉地闪烁着星辰
听到他的声音
心里便照进了万道霞光
一想到他，就笑成了一朵花

他说过的每一句话语
她不经意间都记得清清楚楚
之外，他们从不谈论爱情
而天地早已知晓一切
风也为他们的默契鼓掌欢呼

慈悲爱

爱是万物
最奇妙的照亮
可生慈悲,可发智慧

灵犀相通
是世间最曼妙的情怀
能安顿心神

情意真挚
是红尘中至珍贵的富裕
可成就生命

一朝印心,即超越轮回
天涯也咫尺
亘古,仍风流

化冰

美酒佳肴和快乐
不起反应
热闹与心之间
隔着铜墙铁壁
世界和我
相互隐匿遁形
与白天隔着黑暗
与夜晚隔着光
和欢乐之间
横亘着忧伤
惟你，轻轻地吐露一个音节
周匝的盔甲盾牌
瞬间土崩瓦解
恰似一朵雪花
飘落进了眼睛里

春播

而我，不为三月迷醉
任它芳菲汹涌，春光浩荡
惟想和你，种植一棵无影树

不羡桃的艳红，李的洁雅
不种玉兰的富润，青竹的绿
亦不将那断藕的白
种在淤泥里，等荷香

趁大地光和景明，莫如
省了雪花的漫长思念
省却春风的殷勤，秋雨的
多情，昼与夜的浇灌

免去开花和结果的繁琐

省去一滴眼泪的

生长，与坏灭

抛掉所有概念和秩序

寻一颗无因果的种子

我和你，只播种自在

你是花开

不寻花香，只看你的眼
那里有个纯净清亮的世界
隐秘着心所向往的一切
比花色，还要美好千百倍

不羡花颜，只想你的笑脸
那是世间最亲切舒心的绽放
每一道纹理都藏着欢欣和祝福
每个神情都是我经劫的思念喂养

不等花开，我只等你
你来，星星就亮了月亮就笑了
你来，太阳就出来了
你来了，最美的花儿就开了

约

不想和你相约来生
如若真有来生
此时便已是旧约
今天我只关心，如何才是
不辜负这一世，我怕
明天，我们会丢了彼此
多少盟誓七十年的爱情
七年后已陌生若隔世
没有人能预言未来
我们不约来生，唯请告诉我
怎样才能不负此心，善了此生
诗人说：爱，是地狱冥犬
我想说：爱，是天堂门票

把话语咽下去

哪怕独自对着花草痴语
哪怕眼前的文字一再幻化
成为你的笑脸你的颦眉
哪怕念想如高原阳光一样炽热
似南山的雨雾一般密集
也不说想你，唯派心和你在一起

你身处阳光下，她就在明媚里
你的世界下雨，树叶是她的擎伞
你于晨曦中欢欣，她是滴滴朝露
你于暮霭中惆怅，她化一缕清风
若你文思泉涌，那多功能的
标点符号，正是她替你言说无尽

不说想念，且将之小心地收藏
或埋在泥土中，让她默默生长
凭日月星光来蕴养
藉春风秋雨夏花冬雪丰满
用一辈子的光阴品味和珍惜
在地老天荒的尽头，默默等待

呼应

我说我想你了
你说闭目一切皆在
熄了灯，瞬间天亮了
合上眼，身心就醉了化了
你的气息是诗你的文字是酒
你端着诗的酒稳稳坐在夜的对面
不言。无形。却一波波涌来将我淹没
我失声我热切呼唤我什么都不能做
你的符号已经挣脱唇齿蕴满时空
你的酒醉已经抚过每一根神经
你的暖已经浸润每一个细胞
如画景致，宛然携手同游
那诗韵，分明一起酝酿
你说闭眼一切皆在
我说我看见你了

不负此生

一对情侣相向而坐
没有人事打扰，整个世界
安详圆满，四目默默
相望，寂静而欢喜

爱情像一棵树，自然地
蓬勃生长。无虞任何人
被概念绑架的言不由衷
忽而让沟通成了忧伤

两个人需要保持多少度的热
两颗心需要多远距离的靠近
才能护得初心安好，不辜负此生缘契
爱一经思考，就失去了原本的美善

梦呓

是谁牵起一根线

从此结下了不了的缘

是谁挂起一盏灯

从此引发一世的张望

是谁拨动了琴弦

从此启动心心念念的缠绵

……

是谁抓住了梦的手

趁我睡着时

一句一句念你

一字一字写你

你啊,这个日子可有同样的梦

天地间的秘密

花儿没有向叶子诉衷肠
只是尽情绽放自己
叶子不曾向花儿表真情
只管努力强壮自己

花以花的姿态,叶以叶的样子
各自坚守疆域,静静为邻
偶尔被风推送着,点头
致意,或匆匆触碰一下

叶却知道花的纯粹心思
花也明白叶的深长情意
没有在一起的每个日子
花就藏在叶里,叶正隐于花中

念起时，一滴雨水就是镜子
从中清晰照见的，是对方
每一次的离别和照见
便也是走向更深的相融

共着同一心核，见或不见
花和叶一路都在同行
人们看见一个，也就见到另一个
生于同根的，终将归于同源

东风殷勤，欲将此景传播天下
它不知道，人心早已昭然

节制

似惊鸿回眸

是闪电的快

在城市的天桥上

他忽然

拥她入怀

她即相迎

行人于同一时间眨眼

唯有霓虹灯

窥见了这场盛宴

和他们的漫长节制

留三秒钟给爱

穿心　瞬间　永恒

·声叹息

历经夏天的纵情绽放
浸透秋天的浓郁芬芳
积聚冬雪的浪漫滋养
在万物复苏的春天
浓情蜜意会猝然夭折么

享受春的甜蜜陶醉
经历夏的炽热希冀
悠游秋的凉爽惬意
挺过冬的肆虐严寒
如风的思念,还能
迎来心灵的四季么

当心醉神迷只成为

一个人刻骨铭心的怀念
曾经的誓言
成了一个人孤苦的坚守
爱的密语成了一个人锥心的痛
那么,一个人的爱
还能经受多少个春夏秋冬

终有一日,一切的一切
都只化为最后的一声叹息

情殇

仿佛是前世的约定
今生在第三纬度
不期邂逅,却好似必然
你用几世修炼的高明艺术
将美妙绚烂,温情地植入体内
他醉心其中,痴迷不醒
欲和你酿制一场爱的盛宴
而你终是过客
顺带用魔法锁定他一世
开启心门的密钥
你谁也不给。经年后
他独自泅游于迷蒙的暗流中

上岸的鱼

你敛藏起光芒，对我
看着我时，瞳孔里映现他人
——此刻，你不爱我
眼里爱悦的焰熄灭，抑或
有了更心欢的去处

我不说话，不让眼睛看你
悄悄隐匿起心向你的欢跃
悒悒，凄凄，生无可恋的
颓废，自我戕害的泥淖
而无从怨尤。没有人刻意做什么

昨日隐没于瞬息万变的浪涛中
生灭涨落都是自然而然

我们本生于无常，希求永恒
是一种大病。你或在
为我疗病吧？用痛，和冷

爱情外衣

那天,你披着爱情的外衣
选择一方心田,表演爱的艺术
迷醉伴你极致翩跹,直达天堂
不经意间,你的外衣丢了
我愕然——你竟是那么陌生
日日年年的回味与追忆中
你的容貌越来越模糊
抑或,从来就没有清晰过
那一刻与我共舞的,是艺术
心儿的幸福,只因爱上了爱情
如今苦苦思念的,是那
炫彩的爱情外衣
而你是谁,并无关紧要

当我们谈论……

是谁在分割天，用昼和夜的名义
热的夏冷的冬，雨天的湿润晴天的明媚
风的不可捉摸和雪花的圣洁柔美的名义
仰望浩渺美妙星空，以为这就是全部
今天他沉着灰色的脸，以为这是真相
太多的名相乱耳，太多的颜色障眼
当我们谈论天空时，我们在谈论什么

爱恋他可爱的憨厚，欣赏她怡人的美
喜欢她的善解人意，悦意他的睿智和力量
思慕他的学识修养，欣悦她的善良和大度
怨恼他的冷漠无理他的狭隘自私
不解他的言而无信他的薄情善变
缤纷万象，哪一个才是真正的他或她

当我们谈论爱情时，我们在谈论什么

是什么在分割我们，爱着的柔软
思念的温润，怨怼的尖硬，厌烦和困顿
用名号和定义，下意识地撕裂肢解
又懵懂着穿越曙光后面的混沌
捡拾起七零八落的梦的碎片
重新将自己组装成正常的人
当我们谈论自己时，我们在谈论什么

误会

你绕开栅栏，选了一个方便
通道，试图直接抵达核心
却将什么圈进了坚壁堡垒
地心里的水晶隐现闪电的痛

如同宇宙天地之于万物
如同慈悲之于爱
灵犀相通，心从来没有围墙

原本不需要开设门窗
你却把自己关在了外面
于无垠的荒野，昼夜寻找路径

擦肩

你不相信命运，一直在和世界抗争；
我不想认命，一直在和自己斗争。
你认为你的处境是外界的派发框定；
我相信我的处境是自己的习性造就。

你总觉得不自由，觉得
被莫名的力量制约和束缚；
我始终在探寻真相，寻求终极的
解救之道，试图还世界以光明。

你说开心一天是一天，无数个
短暂快乐，会累积成幸福人生，
惯用今天能抓住的愉快慰劳身心；
我凭理智管理欲望，拒绝透支

明天的欢乐，一次次隐忍，期望
换来持续不变、透明稳定的喜乐。

无法预知，我们谁将更快
获得永恒的自由和快乐
却注定了，即使在夜的海上相遇
两束光，也只能擦肩而过。

一朵雪莲的深情

你说我的心太重
你宁愿只要她的载体
你想在那里将一切焚毁
包括你自己。不念
过去。不管将来
我拒绝这一刻的绚烂
而想把你种在心田里
这具皮囊
不过是临时住房
我终究要离去
想要携着你一起
长成生生世世的因缘

爱情的局限

沉浸爱河中的一对情侣
她是他眼里的唯一
他是她心里的全部
渴望将身心永远融为一体

但梦里还能否见到彼此
梦境中会不会
各自进入另一个世界

今时的浓情蜜意
总以为会不朽成为永恒
他日会不会沦为冤家陌路
谁也不能保证,包括他们自己

聪明的,你是例外

你不会浅尝辄止，消隐于江湖
或选择孤独的背影。你要让
曾经的拥有，化作绚烂的夏花

共筑爱巢的一对情侣
被庸常琐碎的生活消蚀
凭借道德蓄养出一份恩情
陪伴内化为习惯

或藉由爱产出的必然共同体
演变为一种亲情而彼此牵绊
此时，爱情早已不是爱情
人们拥有的只是变异的现实

但聪明的，你走出了这局限
气定神闲地规划爱的蓝图
用适时的潇洒
和常新的激情，定格了
那些记忆中的美好瞬间
留下了关于爱情的自由畅想

虚拟世界

世界越来越被虚拟化
轻轻一点就能买卖
银行户头下的数字
魔术一般,分秒之间
变少了,又增多了

如同爱情,仿佛被无形之手
点了机关,秋天里莫名生发
却在春光里无疾而终

你的江湖的缤纷喧闹
我的世界的寂静清凉
似乎从无瓜葛
一切都是刹那生,刹那灭

我们沉浸在被现代科技
虚拟化的现实里
更加拼命地想要持守
真,像完成使命一般

送别

启明星眨着眼睛,你在前方
红山上的旗帜迎风飞舞
曙光中,将满的月儿安谧
多么美好啊
心轮和车轮一样欢快
桑烟袅袅,似吉祥颂歌升腾

妙音遍满虚空,祥光普照
你恭敬匍匐星光下,我五体投地
天地慈悲,冰凉石板下藏着暖
金色玛尼筒旋转得齐整
我们的虔诚指向一致
祝愿一切吉祥,祈祷有情安好

跟着人群轻轻地顺时针转绕
感知宇宙自然的神圣博大
抬头，步调相同，神态一如
我忽然涕泪滂沱
转完这一圈，启明星将隐没
你迎着朝阳启程，一路向东
而我，却要将脚步转向西

微笑挥手，眼泪却突然决堤
到底没能藏住拉萨河的秘密
深且长的泪水哟，快马加鞭
试图追随心思万水千山
请原谅，我用一双泪眼送你
除了满腔雅鲁藏布江水的清澈
我拿不出更纯净真诚的礼物

第四辑 遇见亲情

大地永远高不过她所承载的
我只是爱生发的一枚白芥子

母亲的心

土院，土墙，木椽的屋厦
檐下码放着整齐的劈柴摞
野菜晾晒在光洁的土地上
两畦绿菜在各自地盘上安心生长
屋内家具和空着的地方一样整洁

唯一的柜子上供着菩萨像
一只狗淡定地卧在脚下
母亲坐在小凳上包粽子
红枣白米绿粽叶在手指间舞蹈
端午节快到了，儿女们就要回来

包粽子的母亲神态喜悦而生动
她头发花白，面色却红润明净

是花朵的鲜亮动人
更似菩萨的富足安详
母亲是动着的菩萨，抑或

菩萨像，是照着母亲的样子画的
母亲就以这样安静平和的姿势
把亘古的慈爱传承给她的孩子
吸收了大地的精神，滋养我们
把菩萨的心相演示给我们

这是一个山里人家
家里住着菩萨，守候着母亲

母亲，儿能为您做什么

梦中，眼见母亲被生活强暴
儿伸长了手臂，拼尽了力气
还是不能改变什么
哀号着惊醒，清醒着心痛
母亲，您还生活在宿命中么

儿不知道您承受了多少磨难
您的容颜已不再美丽腰背已不再端直
但是，母亲，您的笑声依然爽朗
映照着您坦荡的心胸，不屈的精神
母亲，这是您宿命的力量么

您总在坎坷中体现着坚忍
您总用柔弱彰显着博大

您在无情的岁月中诠释着永恒
您用微笑包容，化解着不平和仇怨
母亲，这也是您的宿命么

儿从母亲不止得到生命
还得到了无尽的温暖和希望
儿从母亲更学会了
隐忍与坚强，善良与正直
儿从母亲唯一没有学到的
是如何报答母恩
母亲啊，这也是宿命么

儿自懂事起就有一个梦想
要牵引您走出宿命的樊笼桎梏
十年二十年后还是梦想啊
这个梦，儿要一直做到老吗
但是母亲，您能等我到老吗

母亲，请用您无所不能的博大
告诉我，儿能为您做什么

拿什么挽留您 我的父亲

拿什么挽留您——
将要远行的我敬爱的父亲
您是女儿从小仰望的一座大山
您曾经就是女儿的天空
温暖有力的大手
牵引着女儿自由快乐地成长

懵懂的心不知道，成长的速度
赶不上衰老的脚步
不期然发现，您的步履不再稳健
您看女儿的眼神不再威严有力
竟在慈爱中掺着些无助
父亲，您也会老吗

老，已是意外。竟不知有一日
我那山一样的父亲，会被疾病困扰
女儿惊慌着向白衣天使求救
从一个医院到另一个医院
甚至从一座城市辗转至另一座城市
然而，医生从来只治病不救命啊

眼睁睁地看着您一天天痛苦着衰弱着
女儿只有心疼着悲痛着小心守护着
看您的身体被疾病和医疗器械折磨
女儿的心，加倍地变着花样被煎熬
恨不能化身扁鹊再世华佗复活，终是
妄想。您的伟岸高大渐渐只成了意象

痛心地看着您用日甚一日的瘦弱抗争
女儿在残忍复残酷的抉择中挣扎
不知道该放您走，还是，尽力挽留您
父亲，女儿只能失去您吗

强忍心酸，握着您瘦骨嶙峋的手

抚摸您的额头，尽可能将温暖
和力量，传递给您
噢，父亲，此刻您的眼里
全是对女儿和家人的不舍与眷恋
女儿心如刀绞，我最敬爱的父亲
您知道儿女的天空需要您的色彩
您知道母亲的生活需要您的陪伴
为此，您经受了那么多那么多磨难
做了最顽强的抗争耗尽最后的能量
但是，我最敬爱的父亲
面对死神的威胁女儿束手无策
终究，除了深深的悲痛和自责
女儿什么都不能做
父亲啊！我拿什么挽留您

那么，走吧，父亲
女儿将不再哭泣不再强行挽留您
眼里心里的泪水都已枯竭
女儿放您安心地走
也许，前方是个永无苦痛的世界
从小只相信科学的女儿，虔诚向神灵祈祷

祈愿我最敬爱的父亲往生极乐世界

在那里健康幸福地生活

永远不再经受老病死之苦

或许,换一种形态

我们还在共享一片蓝天

写给儿子

宝贝儿,此刻已是深夜
你是否正做着甜蜜的梦
梦里,妈妈把世上一切
美好的祝福都送给了你
宝贝儿是否感觉到
千里之外的妈妈就在你身边
你天使般的小脸对着我甜甜地笑
妈妈禁不住伸手去抚摸

宝贝儿,你可知道
你是妈妈心里最柔软的温暖
像那双绿色的兔毛手套
五岁时,你说,妈妈
你保持现在的样子等着我长大

十岁时，你抚着妈妈的眼角说
妈妈，你要好好锻炼身体保持健康
等我长大大学毕业了要带你去旅游

宝贝儿可知道，小小的你
是妈妈最珍贵的人生礼物
去年妈妈装修房子的几个月里
每到周末，你稚嫩的肩膀
背负着沉重书包，克服重重困难
跨城来到妈妈身边，为此
赶作业到深夜，你也毫无怨言
每每看着你善良聪慧的大眼睛
看着你健康快乐地成长
妈妈心里就涌满了甜蜜的温暖
像你送给妈妈的兔毛手套一样柔美

宝贝儿，你可知道
你是上天赐予妈妈的最宝贵财富
不知不觉间你已经长大了
常常显露小小男子汉的作派
大方地拿心爱的玩具

和食品，跟小朋友分享
像大哥一样礼让和照顾
长得与你一般高的弟弟们
对同学之间发生的不平现象
你已经有了自己的看法
并敢于主持公道
宝贝儿，勇于担当乐于付出
正是一个人强大的标志

宝贝儿，你要知道，现在
妈妈是你放飞的永不断线的风筝
不论飞得多高多远路途多么艰险
心上的线被你牢牢地抓着
妈妈就永远不会迷失方向
等将来你的翅膀长得够大够结实了
妈妈来作放风筝的人
惟希望能将你放飞到风和日丽的天空
任你在浩瀚的宇宙苍穹中翱翔
妈妈在地上为你加油，为你守护祥瑞

静女其姝

1

表情不起涟漪，眼神
不表示温度。明净，安静
若诗经里走出的女子
内敛，你严密保存自己
不流给春之花、秋之月
不败给夏之热、冬之寒
所有能量都留给宽阔额头
海的诗歌从这里翻涌
一些浪花，迸溅成图画

2

眉眼不见桃花，你偏好

用诗歌和传统古风颐养心灵
大西北黄土坡，普洱紫檀鸡翅木
质朴的物象是你熟稔的药材
你用韵律指挥它们
走正步，舞直线，发出清冽的光
文字装不下的，交给画笔
色彩是心情，线条是性格
水墨丹青替你书写着生命姿态

3

艺术情怀是你梦的羽翼
炽热情感承载理性的光芒
和着春的芳菲，孩子们的欢笑
酿造出如酒的诗、斑斓的画
流淌着绵绵的药香
疗愈自己，也为世界防疫
一棵向阳而生的常青树——是你自画的写意

致油画家晏子

你在写生中朝圣
用纯而静的心神感悟
用比闪电更快的速度捕捉
从具象现实中抽离
从抽象意念中还原
色块和光影在笔尖奇妙幻化

方寸间，世界盈盈起舞
民居的屋顶上曙光普照
海蔚蓝，威尼斯水都波光潋滟
古村寨静幽，黄土原安恬
花儿开得正好，似眨着你的眼

色腾挪着故事，象明暗着玄机

细微处，写满缤纷绚烂
因缘际会时，心灵和心灵碰撞
时空呼应处，眼睛和眼睛交会
灵光一闪已脱胎重组，焕了新颜

而你，在色彩的恣肆挥洒中
完成了自我生命的修炼
画笔赋予物象以普世之美
你在自制的美中，淬炼得纯粹
目光清澈，气质超凡

致友

寒露来了,天地又送走一季
人间复经几度春秋
天涯咫尺,我不欲询问什么
只祈愿你安好,不止
色身康泰,更期你心神愉悦
任凭寒来暑往,总有淡淡的
温馨,弥漫你的心田
随那花落水流,总有暖暖的
光照,温润你的流年

那个叫小雅的姑娘

眉目清秀，玲珑精致
写诗 画画 行走 禅修
你像风一样自由
迎向你，却见电闪雷鸣
信息交会处，乍现犀利冷峻
从你眼里曾经捕捉到暖光
转瞬成冰，或是我的神色折射
似曾相识，而又不解玄机

你娇小的身体里，蕴藏着
热烈又斑斓的宇宙
一曲宁夏花儿高亢了整个诗会
你策划展览，教人写诗和画画
抽烟。豪气地吃东西。着装标示着个性

仿佛在寻找一切出口,宣泄激情
却又保持单身,且鄙视岁月
坚守着青春年岁的活泼俏皮

是哪个朝代播种的因成熟
化于你神态里,潜隐你真名下
在诗人们汇聚的喧哗中你张扬个性
忽然又静若处子,独安于一隅
隔天,又一副端庄文气的学者样儿
侃侃而谈,深藏于心的玄秘逸泄
哦小雅,你这谜一样的女子
时空深处的痕,正在悄然冰释

邻家的浇花女子

春天的早晨,踏着朝露
欲追寻远古的智慧
我努力回忆昨夜的梦
邻家窗户里的一幅剪影
锁住了我的脚步
着一身乳白运动衣的女子在浇花
花卉大概放在书架上
她手拿喷壶,踮着脚尖,神情专注
朝霞沐浴着,她的仪态宁静美好
我咳了一声,她惊鸿一瞥
眉目间清纯干净,充满生机
恰似一株清新灵秀的水仙
我猜,她养的花卉一定是文竹
君子兰,抑或水仙

我猜她的爱情

一定是属于上半身的

我想她洒壶下的植物

定被幸福温润滋养

梦想,我就是她目光下那株植物

平息

分明看见母亲
从斜照着的太阳光里
向我走来

那失望又释怀
哀伤又平和的面容
和三十年前一模一样

喉腔里发出长长一声叹息
声音的节奏，气流的强弱
也和三十年前一模一样

一步步逼真的靠近
倏忽惊醒了我

此刻母亲正安坐厅堂
她面目慈祥,笑声爽朗
显然已从容走过岁月

我却于一走神间梦回前朝
入坐前激越摇曳的
心绪和思想,瞬间平息

这一年，我微醉不语

家人各就其位，前行在生命轨道上
亲友们热火朝天着各自的多彩生活
文朋诗友们灵思泉涌，硕果频出
熟识的艺术家们，笔下繁华似锦
而我，只把盏清茶，微醉不语

各种励志文章各家教育言论漫天飞舞
宗教的哲学的科学的修行方法华丽登场
医家道家民间的防病养牛之道铺天盖地
聚会微群论坛的热闹五花八门层出不穷
我文火煮白菜豆腐钵，捧古书微醉不语

春的桃花灼灼其华、烂漫妖娆
夏的芙蓉亭亭净植、清新脱俗

秋的柿红高高悬挂、晶莹诱人
冬的杨柳肃肃静立、坚韧挺拔
我轻阖双眼，细嗅清风，微醉不语

亲友的佳音喜讯净除了发肤上的蒙尘
秋风的芬芳明媚荡涤了眼里的沧桑
良师益友的关爱懂得熨平了心上褶皱
善知识的因缘缔结安宁了漂浮的神思
我净手焚香，端坐蒲团，微醉不语

镜中人的锋利气息一点点消散
苦痛镌刻的凌厉线条渐变柔和
一步步还原了本来样貌
也越来越接近想要成为的样子
心眼愉悦。袅袅香雾中，我微醉不语

投向世界的是满含感恩的关切注视
捧给人间的是真诚坦荡的明净祝福
献与爱人的是纯净无求的清爽喜悦
示现孩子的是莹莹清亮的慈爱祥和
回光返照，心灵清净安宁，微醉不语

第五辑 遇见本心

遇见自己

回归本来素心

酒酿瀑布

一朵九品莲端坐东山上
用意念造炉设鼎
喜马拉雅南北的湿热冷寒
黑暗角落里的魑魅魍魉
爱恨情仇的斑斓种子
喜怒哀乐演绎的幻变无常
统统收摄,入鼎密封
悲心是酵素,妙智为薪
大愿点燃金刚火,酿造
酒的海,自天上高山飞流直下
每一滴水珠崩裂成亿万朵青莲

必须设置三个层级,来容纳
三六九等凡夫的分别心

必须自 570 米的高度勇猛砸下
来清醒有情众生的缤纷幻梦

我背负三生债苦行，情囊
比山重。必须远涉高山之上的
高山，把呼吸一再逼上绝境
看心脏一回回绝地复活
必须攀登一千零八个台阶
自高山之巅，再向上爬 570 米
派每滴眼泪代表一个我，垂直跃下

让每一个我，粉身碎骨
让每一个我的贪爱粉身碎骨
让每一个我的执念粉身碎骨
让每一个我的骄慢粉身碎骨
让每一个我的疑虑粉身碎骨
让每一个我的痴愚粉身碎骨

每一粒微尘都是我的染污
被天上流瀑无数遍冲刷，化空
每一粒微尘都是洁净的我
得亿万朵青莲刹那灌注，成莲

心中的布达拉宫

你是天上神仙
在人间作的一幅画
借红山为基座,又长了
红山的高度,固为永恒
洁白的白是你广大的慈悲
绛红色的饱满,昭彰着
纯正智慧的庄严
金灿灿的顶刹,辉耀着
金刚不坏的光明
999 个窗户里,绘制了
解除人间烦恼的 999 把密钥
世人竞相仰望你,虔诚礼拜你
如同仰望天上宫阙的神圣

向高原的蓝天，借来纯净作底色
向白云借来无瑕的洁白，为墙
取山野里生长的白玛草千锤百炼
去其浮色的虚荣，坚韧其筋骨的软
淬炼成纯粹的绛红本色，坐镇墙头
比时间更耐久，比狂风骤雨更坚固
引太阳的灿灿光芒和热情，为金顶
人间的悲欢离合，伏藏成 999 间房屋
任他们将沧桑沉浮，演绎成圆满
你是雪域先贤，用虔诚和精进
为人类建造的精神圣殿

风云变幻中，你巍巍然
承载着困顿灵魂的希冀
你是岁月长河擎举
在红尘世间的一艘渡船
你屹立红山千百年，红山
也因你而灵光璀璨
你驻守人间亿万劫，如同氧气
充盈了雪域大地的精气神
你这红山上的圣殿

是郑重的伟岸，是永恒的圣洁
你是净土中的净土
从来不言，却已具足一切

布达拉宫，我心中的高地
每天仰望你，心里依然渴慕
歌者唱不出你的庄严和巍峨
文字写不出你的内涵和威仪
墨客描绘不了你的尊贵和神韵
你绝非人为，你本来如此
你，就是圆满的光明

梦境

你的梦皎洁透亮，光景诱人
紧紧追随你的脚步，想在
那光圈中，找到我的身影

从布达拉宫到黄房子
拾级而上的雄峻庄严
霓虹闪烁的妩媚魅惑
穿越五光七色百千种造相

甚至大昭寺金顶法轮的灼灼
等身长头铿锵有力的虔诚
梵呗音的清净通透，也没能
遮挡执念，动摇内心的坚定

心的朝圣直指心中的心
任什么都抵不上，那一眼回眸

梦里，你的笑颜是醉人的亲切
我灵敏赋长诗尽诉衷肠
面对你却口讷言迟，辞不达意
唯一双眼睛始终泄露着赤诚

阳光下，你用平等慈光度我
引导我自觉长出，大爱的大
指针轻轻一摆，从龙王潭
倏忽回到了汉城湖

大大的我盘坐在小小的心房
祈望梦的节律能追上
你心识的翅翼，企盼你
看向我的目光多一度热

忏悔

阳光和煦地抚摸万物
金色经轮承载着无量真言
顺时针,欢快地歌唱
亿万盏酥油灯光昼夜闪烁
我的心痛楚而伤感

恭敬祈愿每一盏明灯
照破千万心灵的愚痴无明
阖上眼帘,却看见了
怯怯隐藏着的心思
合十的双手亦掩遮不住

一切上天都知道啊
明镜一般的慧眼

照得见心念的纤毫生灭
也照见了心识上的无伪清净

惶惑的无奈的羞赧的河啊
我端坐缄口，任泪汹涌
虚空中传来慈语
只有纯净无染的爱心
才能生发出慈悲和智慧

我含泪带笑，闭目又见你
清晰亲切，如同揽镜自照
心心一如，身身一体
虔诚忏悔，祈愿如我一般的众生
远离贪痴之苦，得享清净怡悦

酿酒

清简的心只想要一树青果
岁月却赐予我丰盛
浓情五谷,裹挟馥郁的草药
汹汹涌来。我唯有穷尽
一生的热情和虔诚
将这恩宠酿成老酒
把色彩献给天空
把物质还给大地
香醇的味道奉给有情众生
只留下如水的清亮,给自己
映见颠倒梦想,五味红尘

你是自己的神

试着把属于神的光芒
还给神，而把自由还给你
任你随性而为，随心而事
记忆已将自己交付冬天的风

将惯于投向你的目光
收回来，把心还给自己的身
动作要轻，且记得抿紧唇齿
小心那被抽空的痛楚发出刺耳音声

世界愀然若寂，等着迎接
一场盛大变革。每个人都要
回到自己，众神终将照亮
自心圆满。我就是自己的神

三月三的诗

这场春风和你没有关系
我努力说服自己，你没有
把雨滴吹进眼睛里
弥陀寺的花迟迟未开，不是
因为少了你的注视
你也没有写一首诗歌
笑了那朵玉兰，绿了那丛竹
小囡囡酒窝里的酒不是你酿的
田野上变得甜美，不是你的杰作
蜜蜂醉了，也非你捣乱
仰躺于大地，保持平视的远
噢，你明净若空
你果真什么都没有做
却是谁，在用心地辜负此生

光明月

你说生活无限丰富
我却执拗，宁凭一个梦
支撑脊梁的止直眼眸的清亮
想象和希冀，祭奠和殉葬
在生灭之间轮回，幻化
也有鲜活的玄妙于心海舞蹈

梦醒了，认真洗掉
时间遗留的重重血迹
想让有，还复归于无
太干净的土地养不活一朵花
心从来都知道
而你有精神洁癖。我也一样

无常无所不在，风起时
世界又在无中生有
呼吸之外，我看不到一片叶动
一个声音自天外破云而来
阳明公留给世界的最后昭示
“吾心自有光明月，千古团圆永无缺”

功课

咽下，心头烈烈燃烧的火
眼眸中过于外露的光
昼里夜里的张望
此消彼长的思慕和忆念
生生不息的眷恋想往

接纳亲爱的家乡——
那久久不散的阴霾
小雪节气时的凄凄冷雨
以及拥堵不畅的回家路
用回光返照，颐养自己

像爱父母和孩子一样爱自己
像爱要好的闺蜜姐妹一样

像爱醉人的爱一样

像爱高高在上的神一样

像爱眼目所悦意的荷 竹 树木

甚至像爱普通花草一样

爱自己,把心灵养成发光体

结缘的日子刻成文字

结缘的日子刻成文字
慧语契意会心，若星子的亮
穿越岁月的飘摇无常，抵御
长长的风尘和琐屑的消磨
使庸碌平常的，光耀成珠

你给的光明种在心田里
用纯净热血，养成一棵树
让梦想随日月一起生长
光芒，从发肤眼目漾出
内里唯存留一片明净清凉

你化身的名写进诗里
和着心跳和脉动，感恩养护

让记忆逆时光而行

文字不老，情意历久弥珍

不负上天的赏赐，与山河共久长

水落而石出

想你的时候,你很遥远
隔山隔水又隔城
忘记想念时,却见你
就住在我心里,而我
闪亮在你亲切的眼睛里

四处求佛时,佛很漂渺
隔天隔地又隔界
静坐内观,却见佛
清晰在我心里
而我,正在佛慈悲的注视里

醒来吧，醒来吧

哈达 经幡 玛尼石
桑烟 酥油灯 转经筒
是信念升腾的舞蹈
是祈祷绽放的花儿
是雪域大地的虔诚密码
是圣洁的吉祥使者
是温暖光明的慈母的眼
是真言的具象存在
蛰伏于心识的神秘符号哦
醒来吧 醒来吧 请你们

转经 朝圣 大礼拜
神山 圣湖 布达拉
是高原人独有的风景

是格桑花的纯粹美丽
是净化身心的便捷密道
是佛菩萨的慈悲显相
是悲智双运的殊胜道场
蛰伏于心识的奇异色彩哦
醒来吧 醒来吧 请你们

宇宙中心冈仁波齐雪山
遥遥相对的玛旁雍措之蓝
杂日密林中的吉祥铜色山
直贡梯寺猴年颇瓦大法会
羊年朝拜的纳木措天湖
碧玉般静卧的羊卓雍措
守护着圣城的拉萨吉曲河
奔腾不息的雅鲁藏布江
经久蛰伏的如虹绚丽哦
醒来吧 醒来吧 请你们

梵音萦绕的萨嘎达瓦节
桑烟袅袅的六四转山会
万人空巷的哲蚌寺展佛

酸酸甜甜的藏戏雪顿节
奔山星照耀的江河沐浴节
慈悲再来的天降节
严冬里的美丽吉祥天女
星光闪耀成海的燃灯节
野玫瑰寺里的金刚橛朝拜
幻化成色彩斑斓的符号
沉潜记忆,经久沉默
醒来吧 醒来吧 请你们

还有和睦四瑞,长寿六尊
吉祥八宝徽,十相自在图
巫觋,历算,生死轮回图解
青稞酒甘醇 ,酥油茶香浓
云影下的林卡和锅庄热闹
藏历新年的五谷且玛喜庆
都是风唱诵的美丽歌谣
深藏于心的广域里经年
醒来吧 醒来吧 请你们

祈请莲花里化生之童子

遍知一切的导师

为愚痴开启光明

给沉寂打开出口

帮神秘指明方向

祈请导师洁净我的眼

祈请导师清净我的心

祈请导师打开我

路径

我知道，我终将清明
但必须面对此刻的昏沉迷茫
才能走出混沌

我知道，一切终究是空
却必得穿透这实实在在的有
才能超越羁绊

我知道，你究竟不属于我
而我必得走过深长的思念
爱恋和痛楚，才能放下

我知道，明天可能阳光灿烂
而须得老老实实走过

今天的阴雨泥泞，才能抵达

我知道，美好的愿景终会到来
但那是在我切实体悟
当下的每一缕艰难晦涩之后

那么，我只祈求一份清明
不怕艰难，不惧泥泞，甚至
不拒绝苦痛

我的神，请破斥我的愚钝吧
请示我方向
我将独自走过当下，义无反顾
直到抵达你
——如你

蜕变

那羁绊你的

恰是昨日的你

为自己织就的铠甲

梦醒时分

你挣扎着奔突

欲将一切

都还给岁月

连同那华羽霓裳

也抖落殆尽

只留纯净的核

清

简

安然

甘露

雨丝浇在头上，细密而急
我不打伞，想把自己淋成法器
你说，把莲花嫁给杂念
心疼了一下。我假装没有听见
你重复，把你的莲花嫁给杂念
我说，还是把浪花嫁给海吧
浪花才是清静海里生出的杂念
你再强调，就把莲花嫁给杂念
否则清静海就没有存在的意义
我沉默良久，终于点头同意
情知躲得了疼痛，却避不开真相

一个人的斗争

好长时间我不说话不行动
把全部自己,关进自由的牢笼里
想要汇通圆融。试图把
苹果香蕉火龙果合成一种水果
白米黑米黄小米混成一种粮食
瓜菜肉类水产合成一种蔬菜
想把无数个我,合成一个我
而念头纷起,披着五彩缤纷的
外衣,从各个方向撕扯
用各种方式分割
以种种姿态魅惑
阻止我回归,简单合一的完整
一个我和无数个我,无声地斗争
一个我,看着无数个我,斗争

思想者

他苦苦思想着
却感觉思想像一滩水
各种杂念自由地散漫地
将他流向一切方向
他想把它们聚拢起来
像一条河一样
流向一个方向 永不回头
这个想法也像浅滩里的水
流不出多远
就消失了

梦想

天地间，微渺如一粒尘埃的我
却拥有一个天大的梦想
我想拥有四大菩萨的智慧
慈悲。大愿。和大行
兼具大势至金刚手的威力
为失道者指明方向，将黑暗
转为光明，令诸生命永得健康
与贫穷者赠以宝藏
此刻最想做的是，让地不再动
山不再摇，自然灾害永不发生
让天地永远安宁祥和

现实中，渺小如尘埃的我
愚笨着，真诚着，踽踽独行着

为失道者痛心焦虑 ，替疾病者
无为担忧 ，与贫困者赠以角币
看同胞们遭遇自然灾害地崩山裂
悲恸着焦灼着，任由泪水浸泡心田
在看见彩虹时欣喜地嚷嚷
想让所有人看到美丽，唤醒希望
对所有孩子投以鼓励的微笑
给予孤寡老人亲切的问候
在交通拥挤处，尽可能缩小自己……

除了这些，我还能做什么呢
天地间渺小如尘埃的我，还在祈祷
希冀，那个天大的梦想会变成现实

梦是自由的

清醒着,在爱人的怀抱入睡
梦里,与爱人激烈争斗
你好生惶惑,却也无奈

梦是自由的
而你是不自主的

想要化虚幻为现实
抑或,将真实在梦境中重现
都是徒劳

梦,自由着梦
人,在虚幻与真实间游走

莲心

晨露中虔诚祈祷
夜雾中真诚祝愿
祈望头顶白莲盛开
期望清凉的甘露荡涤你
洗掉那麻木的忧伤
呵护心灵如莲般的清纯

名利欲望中清醒守护
怨愤不平时清净自我
祈望心头红莲绽放
期望她的清新滋润你心
滤除那尘世的污浊
呵护心灵处子般的纯净

尘埃

一尘不染的屋子里
由窗缝射进两束犀利的阳光
光柱里群尘飞舞
你定睛细看
下意识地将手伸进光柱里
又迅疾收回
惟恐这血肉的手
化为尘埃飞逝
想起了,世界由微尘组成

净化

每天清洗衣物,擦洗家什
喝净化过的水
吃处理干净的食物
想办法清理体内垃圾
我们净化着眼睛看到的一切
却唯独忽视了心灵
岁月蹉跎中她早已蒙尘

身为名利欲望缠缚
神思被爱憎喜恶怨恼牵制
步履愈来愈沉重迟缓
物欲世界中的我们亟需净化
将心灵裸露在阳光下杀杀菌
借星月给思想消消毒
回归源头的纯净轻盈

镜子

人是通过镜子看到自己的
如果没有镜子
人是否会少些烦恼
若只知道别人的样貌
而不知道自己
便少了攀比之心
许多无谓的烦恼就断了源头

人是借由文化认识自己的
镜子若可以直观思想
人是否会少许多烦恼
当看到自己心灵上
贪婪嫉恨愚痴,透明而凸现
哪还敢生出傲慢之心,猜忌之意
没了五毒侵袭,人间即成了光明境

时光和我

时光倏忽穿越我的生命
隐约听得见
如闪电般迅疾的声音
时光没有变多，也没有变少
而我的生命
已在瞬间消失一大块
警醒吧！必须与时光同步
才能把它转换为你的生命

岁月长河中，个体生命
可以忽略不计
而你唯一可用的财富
正是生命所维持的时间
混沌在别人的故事里

消耗自己的时间

或让心,无知觉地游走

恰如生命被偷走,而不自知

托付

多想把眼识
交给云,交给月
交给树木和花儿
不惧电闪雷鸣惊扰

多想把心
交给一双手
随他跋山涉河翔云航海
不用警惕辨识

多想把自己
交给风交给雨
交给路
任心在虚空中逍遥

一片光明

世界众声喧哗
我听不懂一种声音
找不到昼和夜的界

看不清心的样子
睁大双眼,唯见
无边的黑暗和混沌

百般突围中
世界越来越模糊
捕捉不到光明。那么
让黑暗来得更纯粹些吧

于是我关了门窗

挂上厚厚的帘幕
屏蔽掉所有声音和色彩

在彻底的黑暗中
静止
哦,分明一片明光

闭上眼睛,我看见心了
原来,光明并不是另一个世界
他就在黑暗中
而我,在无念(不寻)处明澈

书香

身居斗室而不觉促窄
那是眼里始终藏着广袤深远
生活简陋而不觉贫寒
那是心里总有圣贤的光芒温暖
漫漫长夜不觉寂寞
因为灵魂会在黑暗中鲜活
遨游在先哲的思想光焰中
让生命在月光下醒悟
岁月催老容颜
用书香抚平心的皱褶
如同鱼儿在水中欢跃
我在文字中醉眠

写诗

如同树木增加年轮
随着时光流逝，心灵也被
包裹上一层层厚茧

青春和梦想渐次被岁月
磨去光华，直至湮没
以为已至黄昏，剩下的就是
按部就班地老去

不料睡梦中突然灵光一闪
心底的希冀被激活
诗神不期而至我的疆域
令身心激荡，思想蠢蠢欲动

手不得不拿起了笔
一段文字莫名生成

灵动美妙的情思唤醒了我
便期望复活的文字
也能给他人带去一丝光亮
否则它的存在就是罪过

不过，把心声闷死在暗里
似乎也是一种罪过
我不得不写
这或许就是诗的产生过程

让记忆成为财富

总是不自觉进入记忆的黑洞
神经似被黑旋风撕扯缠绕
如乱麻般不能思想
只有行动,疾步走进阳光
蓝天白云却赶不走心头阴霾
多想粉碎文件一般把记忆清空
忽然想,若没有了记忆
那么,我是谁? 谁又是我?

暴风雨总会损毁出一片狼藉
也会催生成美丽的彩虹
让怨恼废墟堵塞着心眼
沉陷于颓废沮丧中苦熬时日
抑或,心心念念怀想着虹彩

愉悦地重建美好家园
让今天成为明天的美好记忆
让美好的今天刷新记忆的昨天

忽然想，换个角度
记忆或也是一笔财富
谁的一生会没有曲折坎坷
创痛是我们本该承受的生活
智者会筛选着从中汲取养料
藉着先贤圣哲的智慧
我要从黑暗中过滤光明
让记忆为我照亮久远的无明

真实的不被打扰

辗转回环，一次次更新座椅
夜里依然旧梦重叠
一片落叶凝结着所有
秋雨的呢喃，季风的寄语
夜雨之后，它凝珠含泪
试图走出记忆的蛊
却每一步都在书写历史桎梏
漂泊于千万里之外
又何曾离开过昨天半步
“真实的不被打扰，
虚幻的不复存在……”
把自己化成一枚忠诚的指针
绕着太阳轴心昼夜旋转
只为等光线之芒回眸
续接上，累世伏藏的缘分

流转

时间死了。时间生了。
时间分分秒秒生死幻灭。
分分秒秒相逢又离别。
没有前一秒的生，
就没有此一秒的灭，
也没有了明天可期。
我们在时间的流里，
亦进亦退，或不进不退。
想要迈出下一步，须得先
抽出上一步，脱离这一步。
“没有人能两次踏进同一条河流。”
而当你想抬起这一步时，
指针已经跳了两次，
顺便把你的这一步流逝了。

素心向月

明月无语,清清淡淡地
铺展,将宇宙的慈悲普惠万物
物物体恤,景景关怀
你不多言,从从容容惠施
把清凉的甘露浸润与人
滴滴沁心,丝丝会意

明月的照拂,瞬间华美了大地
你的会意,顷刻富贵了心田
月光的恩德在于
含摄万物,无舍无终
你的珍贵凝于
真诚自然,平和绵长

月笼世界，一片静好

万物安详和美

你映心间，枯瘦的

记忆，即得以滋养

岁月的缺憾，便得以圆满

一世的苍凉，即得以温暖

后记:素持本心,静待月圆

编辑修改完成,《素心待月》诗集即将付梓,忐忑的心也终于沉静下来。本诗集共收录了我陆续创作的一百五十多首诗歌作品,以“遇见”打头,设了“爱情、自然、生命、亲情、本心”五个小辑分别安置。实质上,分类并不严谨,囿于有些诗作的属性不那么明确,更由于,五项题目本来就是相互穿插、彼此渗透的,内在本质是相牵相伴、相协相成的。本心的遇见里,无可避免含摄着情感的碰撞;而爱情的遇见,本身就是更深地抵达生命、抵达本心的最便捷途径;山水花草的自然遇见,当然映现着生命的激荡和情感的响应;而亲情友情,又天然地连接着生命的本源。勉强划分版块,以使版面清爽,为实现轻松阅读作以引导。

人生是一场又一场遇见,在随缘的遇见中,历境炼心,不断成长。读罢李一鸣老师为诗集作的序《人性神性诗性的深情吟哦》,欣喜而感动!先生对诗歌解读之精准之相契,令人折服!李先生身兼要职,日常工作任务繁重而琐屑,能在百忙中拨冗,认真读我的诗作,认真写下洋洋洒洒数千字的序言文章，文质优美而真诚，并紧贴诗作做了深刻解析，不仅使这位文学博士的才情毕现，更充分体现出学养兼备的人格魅力和高洁文品，让我不止于感动感激，更于之前的敬仰之外，又增添了几分感佩和崇敬。忽然意识到，这个序文似乎也是偶然遇见的结果。

与李先生的相识，确是非常偶然的。五年前那个明媚的四月天，我受西藏作协委派去山东济南参加散文高研班的学习，李先生应山东省文学院邀请，为学员们讲授了第一堂课。就是那堂课，成了我终生难忘的独特记忆。并没有清楚记得先生授课的主题，印象最深刻的，是坐着55名中青年学员的教室里的鸦雀无声，老师的缓缓叙说，仿佛将大家笼罩在一个浩渺无垠而又饱满丰盈的时空中了，沉醉而忘我，在这样的寂静里，鲁迅先生的箴言“无尽的远方，无数的人们，都和我有关”，鲜活立体着直接送达心灵，同我整个的精神完全相融……他并没有教给同学们实用的创作技巧或专业知识，而是直接传递给我们一种情怀——文学的情怀，美的情怀，人的大情怀！

而诗歌与我，也算是一场意外邂逅。我创作发表的处女作是散文，真正意义上的文学创作却始自诗歌。

诗歌是情感和思想的高地，其核心本质是情感的真切、真诚，思想的纯正、纯粹，立足于这两项质素之上，才可能成其为好诗。诗歌的得来，往往有赖于自然生发。想不起来我是如何开始的，没来由地

疯狂写诗的情景却记忆犹新。有一段时间,好像时时有汹涌诗意(或叫“情绪”)往出奔突,身心精神被激荡着,尤其在夜深人静时,好多回子夜时分刚躺下,不得不爬起来整夜写诗,第二天仍然神思清明,毫无疲惫感。大概有三年多时间,感觉只有诗歌这种节奏感鲜明的文字能表达心能满足心,而胸中淤积的陈年块垒,不知不觉地从自带韵律的诗句中纾解了、疏通了,心里畅快而明亮。后来无意中读到关于写诗的一段话,禁不住击节赞叹。中国现当代著名哲学家、文学家、诗人,被誉为“融贯中西艺术理论的一代美学大师”的宗白华先生,在谈到自己写诗时的体验说:“我常常被一种创造的情调占有着……往往是夜里躺在床上熄了灯……不禁有许多遥远的思想来袭我的心,似惆怅,又似喜悦,似觉悟,又似恍惚。无限凄凉之感里,夹着无限热爱之感,似乎这微渺的心和那遥远的自然,和那茫茫的广大的人类,打通了一道地下的深沉的神秘的暗道,在绝对的静寂里获得自然人生最亲密的接触。”——这微妙又通透清澈的描述,精确描画出了我的心境,每一个细微感受都仿佛照着我的心在言说,与我那时的心理情状毫无二致。遥远又真切的印证,让我打心底里兴奋得想要欢呼,同时心生隐隐惶恐,怕被斥为附庸,但我所理解的诗歌精神,就是真诚,就是纯粹,我必须实话实说,实乃天机印契。

算下来,这些诗歌的创作时间跨度已达十五六个年头。诗歌作品作为生命轨迹的见证,或影射着心灵思想的成长历程,不同的生命节段会有不同的心理精神状态，相应的诗歌作品自然也是风格迥异的。百多首诗歌整体上质纯情真，回望时，看到了一些蕴涵奇妙意蕴的好作品，从中再次感受到诗歌的魅力，体会到语言的美妙神奇，不禁惊讶于灵感的不可思议，感念其时的准确捕捉和及时书写。而当看到那些青涩平淡之作时，又陷入深深的忐忑不安甚或羞愧中，一次次按捺冲动，才没有把它们全部删除掉。

回头却发现，李一鸣老师写的序里所引用诗句，正是我不想面对而欲舍弃的部分。进而忆起，十五年前我激情写诗的那段时间，大部分作品即时刊发于《西藏文学》《上海文学》《诗选刊》等杂志，深得编辑老师的肯定，同时许多亲友文朋以及文联大院里的多位老师，都曾非常欣悦地追踪传阅，这些诗歌当年确曾得到了普遍好评。而我如今之不能接受和羞于面对，也许由于长时间从事刊物的诗歌编辑，而使自己的认知发生了变化；抑或是近几年历事磨炼，当下的心境正在蜕变转化中，或不够纯粹，从而欣赏不了单纯之美。而所谓的简单青涩，正是某个时期的真实写照。

如果说人生是一场修行，那么，接受也是其中一项重要功课，接受不完美的自己，接受客观存在，接受真实的发生。最终说服自己，尊重历史的存在，让青涩单纯的青涩着它们的单纯，让奥义朦胧的朦胧着它们的奥义，让妙韵隽永的继续隽永着妙韵，让真诚美好的继续真诚着美好。就这样，我的诗歌作品得以相对完整地保留了下来。(当然,这些并不是全部作品,许多当年发表过,后来被无意遗失于岁月缝隙里的,没有着意去寻找,任其随缘而往吧。)惟愿有缘的读者朋友,能有耐心翻完整本诗集,相信从中总能遇见触动你心灵的东西。

所有的遇见,似乎都是一种偶然中的必然。我的文化散文集《桑烟有径》在西藏人民出版社编印出版时,得以结识汉编部的负责人计美老师,两年前诗作结集成书稿之初,就幸运地遇见了计美老师的慧眼识珠,他从始至终给予这本诗集足够的认可和积极的关照,并亲自出任责任编辑,将零散的珠粒串连,打磨成了一条完美的珍珠项链。心里由衷地感激!暗暗惕励自己,将这份感恩化为动力,争取和西藏人民出版社持续合作,生发出系列妙果。

之前已出版有作品集,诗歌集的面世却最使我欣悦。这些诗作在创作和刊发过程中,曾经得到过各方贤智师友以及友爱亲朋的无尽肯定和鼓励,雪域高原的,家乡长安的,等等,无法一一列出名字,且将这些感念绵藏于心吧,长养善缘。感谢善心。感恩所有遇见。

诗是什么?诗可怡情,可明志,若内心足够敬畏和真诚,诗甚至可疗疾。我曾经以“诗者,点墨通浑茫”、“无量妙心皆是诗”、“爱和意,必逸于形”、“一曲无声的交响乐”等为题,来表述诗歌的编辑感言或评议。又想起宗白华先生的话:“我不是诗人,我却主张诗人,是人类的光和爱和热的鼓吹者。”我想,诗就是爱,就是光,就是热。她是我对生命的虔敬感恩、对世界的真诚热爱的最忠诚的载体和见证。生活需要诗意的观照，荷尔德林说“人，诗意地栖居于大地”。我愿以诗歌为路径，回归本来素心，静待天心月圆。

子嫣

2020年金秋写于拉萨11010101室